어쩌다 여기까지 왔는가?

졸혼을 고민하며 제주에서 한 달 살기

어쩌다 여기까지 왔는가?

초판 1쇄 발행 | 2021년 5월 24일

지은이 | 문연주
펴낸이 | 김지연
펴낸곳 | 생각의빛

주 소 | 경기도 파주시 한빛로 70 515-501

출판등록 | 2018년 8월 6일 제 406-2018-000094호

ISBN | 979-11-90082-92-1 (03810)

원고 투고 | sangkac@nate.com

ⓒ문연주, 2021

* 값 13,300원

* 생각의빛은 삶의 감동을 이끌어내는 진솔한 책을 발간하고 있습니다. 참신한 원고가 준비되셨다면 망설이지 마시고 연락주세요.

어쩌다 여기까지 왔는가?

문연주

생각의빛

들어가는 글

한평생 살면서 고민 없이 살기란 쉬운 일이 아니다. 마흔의 나이에 이별의 아픔을 알았고, 내 인생에 없어야 했을 이혼을 경험했다. 두 번 다시 남자 생각 없이 살겠다던 나에게 이혼 후 5년 만에 찾아온 인연으로 재혼하여 살고 있다. "10년만 살면 부부인연이 있다"라던 옛 선 지식인들의 말을 빌자면 부부인연이 있긴 하다는 말인데, 또 다시 이혼이라는 이 말은 듣고 싶지 않았다.

이유 없이 남편이 먼저 졸혼 이야기를 꺼냈다. 유행가처럼 졸혼이 쟁점이 된 연예인들의 이야기가 TV에서 나오고 난 뒤부터일까? 농담처럼 던진 말이 내 가슴에 비수가 되어 꽂힌다. 졸혼이 뉘 집 애 이름이냐고, 그 뜻이나 제대로 알고 하는 이야기냐며 면박을 주긴 했으나 자주 그 말을 하는 것을 보면 마음에 담고 있는 말 같았다.

재혼 13년 만에 졸혼 이야기가 나올 만큼 열심히 살지 않았던 것도 아니고, 불만이 많은 것도 아니라고 생각했었는데, 남편을 만난 후 나에게 베푸는 모든 것이 관용인 줄 알았다. 나를 위한 외조라고 생각했던 것이 착각이었는지도 모른다. 둘 사이에 태어난 자식이 있는 것도 아니고, 처가 식구들과 잘 지내는 사이도 아닌데, 졸혼이 무슨 장난이냐고 따졌다. 헤어지면 그만이라고 소리 지르며 지냈던 날이 몇 개월이 지났다.

십 년을 치킨 사업에 몰두했고 늦은 공부에 매달리느라 남편을 제대로 살피지 못한 내잘 못이 컸었나 보다. 계획했던 생활보다 일찍 경제력에 시달리게 되면서 서로를 이해하지 못했던 시간이 틈이 생겼는지 난 여전히 아무런 생각을 하지 못했는데. 남편은 혼자 생각이 있었나 보다. 사회복지학과 실습 한 달 동안 출퇴근하고 있으면서 냉전 속에 지냈다.

졸혼이 어떤 것인지? 무엇을 졸혼이라 하는지? 홀로서기 연습을 해본다는 핑계이기도 했지만 버킷리스트 속에 제주 한 달 살기가 있었다. 2019년 1월 실습 기간이 끝나고 완도에서 제 주행 실버클라우드호를 타고 제주도 원룸 생활을 시작했다. 한 달을 살면서 홀로서기 연습을 했던 내용과 끝나지 않은 졸혼에 대한 고민을 가슴에 담아두기보다 일기처럼 썼던 일상이야기다. 제주의 구석구석을 돌며 혼자 묵언 수행도 해보고, 사진으로 자연을 담기도 했다.

준비된 졸혼 연습 제 주 한 달 살기 이후 집으로 돌아와 일 년이 지난 지금은 혼자보다는 둘이 함께 하는 삶이 남은 인생에 도움이 될 것 같다. 열정 여자이었던 나, 인생 육십에 졸혼을 고민한 경험으로 이대로 나에게 머물러 사는 것도 나쁘지 않다는 이야기를 썼다. 여성으로서 매력은 없지만, 함께 해온 세월이 안타까워, 두 번째 이혼은 내게 있어서는 안 될 이야기다. 둘이 있어도 외롭다는 나이지만 혼자 사는 외로움은 두 번 다시 겪고 싶지 않다.

제주한 달 살기를 통해 나를 뒤돌아본 시간, 한 지붕 아래 두마 음일지라도 함께하는 세월이 아름다울 것 같다. 옛 선조들 생활사를 보면, 내 나이가 되어

보면 사랑채, 안채에서 각방 쓰는 나이기도 하다. 무엇이 두렵겠는가? 하지만
아름다운 것도 둘이 보고, 맛있는 음식도 나눠 먹으면서 각자 하고 싶은 일 하
며, 아름답게 인생을 마무리하고 싶다. 졸혼보다는 함께 하는 인생이 되고 싶
다.

제1장
떠나는 날

20년 결혼생활과 의처증

어제 내린 비로 입춘 날 아침은 맑음이다. 동창이 밝아오며 방바닥에는 깨알 같은 먼지가 보인다. 가만히 앉아 바라보기만 할 수 없었다. 청소기가 없는 달 방 몇 년 만에 무릎을 꿇고 걸레질을 해보는가? 문득 36년 전 일을 떠올려 보았다. 24살에 결혼하여 내동 집, 방 한 칸, 부엌한 칸, 달방을 주고 살았던 시댁이었다.

시어머님은 청결병으로 아침마다 수돗가를 독차지하셨고, 새벽일 가시는 시아버님 나가신 후에는 방마다 무릎을 꿇고 청소하신 시어머님은 예순도 되기 전에 관절통으로 다리를 절고 다니셨다. 정형외과를 안방 가듯 병치레하셨던 일이 떠올랐다. 20년 결혼생활과 의처증을 다룬 2번째 책 "아픔까지 사랑할 수 있기를" 아픔의 상처는 인터넷을 떠돌고 있다.

인터넷 검색한 곳을 가기 위해 일찍 집을 나선다. 차림새는 방한복으로 꽁꽁 싸맸는데 햇살은 무척 따사롭다. 생각보다 많은 바람이 불어서 섬으로 가는 것은 포기했다. 약천사를 내비게이션에 검색하여 가보기로 했다. 내일이 설날이라 익히 알고 있는 일들을 돼 뇌어 보았다. 보광사에서 지낸 세월 동안 년 중 행사로 정해져 왔던 설날 합동 차례는 전국사찰 어디서나 합동 차례를 지내기 위해 붐빈다. 자원봉사자도 없이 종무원들만 일해야 하는 설날이다. 원룸에서 얼마 떨어지지 않아서 생각보다 일찍 도착했다.

제주는 가는 곳마다 천혜향이 있다. 지금이 한창인 듯 밭떼기마다 노란 공이 달린 것 같이 예쁘다. 약천사 입구에도 천혜향이 많았다. 여기가 제주도라 명절에도 관광객이 많은가보다. 경내 많은 사람이 보였다. 말소리를 들어 보니 중국인이 대부분이었다. 사찰을 들어서며 종각에 있는 목어도 찍어본다.

대웅전에 들렸는데 사시 예불 시간이 끝나지 않았다. 부처님께 삼배 올리고 반야심경 독송을 따라 했다. 입춘기도 회향 법회라고 한다. 사시 예불 마치고 스님께서 법문하신다. 감사, 감동, 감탄, 삼감을 잘하는 사람이 되라고 하신다. 모든 것에 감사하고 더 나은 삶을 위한 터닝포인트가 될 가슴 떨림이 있는 감동을 했다. 긍정의 자세 마음의 여유 편안함으로 감탄하라.

똑같은 일을 할지라도 하루하루가 다르기에 수용하는 순간이 행복하면 나쁜 말은 하지 않게 된다고 말씀하시는 스님, 욕심이 차면 불만이 찬다. 불행하다고 느끼는 요소가 생긴다. "행복이란 순간순간 느끼는 것" 자비와 무주상 보시(상에 머무르지 않는 보시)"보시"(자비심으로 남에게 재물이나 불법을 베푼다)는 뜻으로 복덕 발원을 하고 회향을 한다면 행복이 배가 되며, 스쳐 가는 행복이라도 지키는 사람이 행복한 사람이라고 하신다.

소욕지족(어떤 일에 요구되거나 필요한 것을 분수를 지키며 만족할 줄을

앎)을 말씀하시고, 동사섭 기쁘나 슬프나 고달픔을 함께 하는 것, 선연 악연 복을 짓고 작은 것에 감동하고 행복함을 느끼는 것을 발판으로 삼고 무주상 보시를 위해 기도하라고 하신다.

　법문이 끝나고 삼배 후 법당을 나오는데 법당 보살님이 다라니(한량없는 뜻을 지니고 있어 모든 악한 법을 버리고 한량없이 좋은 법을 지키게 한다는 불교용의)를 하나 주셨다. 무슨 인연일까? 잠깐 머물고 있다는 그 보살님은 다리를 다쳐 부처님 전에 와있단다. 여행 다니는 일이 좋으시겠다고 말을 건네며 자신도 사진을 공부 했단다. 내일 설날도 오란다. 떡국 먹으러 오란 말에 내일은 복잡할 것을 아는 터라 오늘 왔다고 말했다. 천천히 경내를 둘러본다. 마당 끝에 서서 대웅전 처마 끝을 쳐다보고 한 컷 담는다. 제주 상징 돌하르방도 찍고, 정문까지 걸어 내려가며 세밀히 담아본다. 태평양전쟁에 참여한 비문을 자세히 바라본다. 제주도 사람 외에도 김해, 부산, 창원, 사람도 기타지역에 기록되어 있었다. 탑 사진을 찍고 돌아서는데 머리에 얹어 놓은 선글라스가 떨어진다. 사진 찍을 때는 거추장스러운 물건이다. 선물 가게까지 갔다가 돌아서 왔다. 셀카봉을 세워놓고 선글라스를 썼는데, 왼쪽 눈알이 없다. 급히 돌아서서 떨어진 그곳까지 가보았다. 다행히 그 자리에 있어서 집어 들었다. 점심시간인지 공양 간(절의 부엌)으로 신도들이 들어갔다. 따라서 가본다. 점심 공양 정도는 누구나 먹을 수 있음을 알고 있는 연주였다. 사찰음식은 짠지가 많다. 무짠지, 콩나물 등 몇 가지 반찬이 있었으나 아침을 늦게 먹었기에 그냥 나오려고 하는데 공양주님께서 찰떡가래를 쥐어 주셨다. 떡을 좋아하지 않으나 주시는 정성에 감사하며 간식으로 먹기로 했다.

　약천사 달력과 떡을 들고 나왔는데 눈앞에 오백나한(석가여래 입적한 후 그의 가르침을 결집하기 위해 모인 오백 명의 아라한)전이 보였나. 오백나한전에 기도한 적은 보광사에 있을 때 외에이번이 두 번째인 것 같다. 마음에 일어나는 일을 하기로 했다. 법당에 보시 금을 넣긴 했으나 나한전에도 적은 돈을 보시 금으로 내고 삼배 올려본다. 좌상을 하고 앉았다. "운명이 있다면 운명대로 살아가겠다고 빌었다." 인연이 다 된 것인지 그것이 아니라면 거사(불교를 수행하는 남자 신도)님의 마음을 붙잡아 달라고 빌었다. 두 번째 이별은 마음이 허락지 않는다고 꼭 함께 일생을 살 수 있게 해달라고 한참을 기도했다.

나한전을 나오며 부처님 전에서 사진을 몇 컷 담았다. 밖으로 나와 종각에 쉼터가 보여 앉았다. 누가 재촉하지도 않고 무엇을 하라고 시키는 사람이 없어 모처럼 많은 시간을 나에게 할애해본다. 나한전을 내려다보며 처마 끝에 단층을 찍어보고 기와도 찍어 봤다. 마음에 들지 않아도 어제보다 시선이 달라진 것을 느낀다. 아침에 나서며 선생님께 조언을 부탁했다.

혼자라서 의지가 약함으로 시선에 힘이 들어간다는 말에 포인트를 뒀다. 잘 찍어보려는 욕심이 과하여 많은 것을 담게 된다고 말씀하셨다. 몇 년을 공부했지만 쉬운 일은 아닌 것이 분명하다. 혼자 제주도까지 오게 된 것에 가장 유익한 점은 다 가지고 출발했다.

글쓰기를 배웠다. 사진을 배웠기에 카메라를 메고 어디를 다녀도 무섭지 않다. 무료하지 않은 시간이 있기에 가능한 것이다. 오늘도 벌써 집 나온 지 몇 시간이 흘렀다. 자연을 자세히 보고 세밀히 보며, 좋은 구도를 생각하며 감성질을 해본다. 이제 어제 검색했던 동백수목원으로 운전대를 돌렸다. 23km 달렸다. 수목원 앞 주차장이 복잡하고 주변 도로가 주차장이 되어 있는 수목원이다. 입장료 3,000원을 내고 들어갔는데 생각보다 꽃이 없다.

묘목을 키우다가 그대로 수목원으로 만든 것 같았다. 아주 넓은 수목원을 연상했었는데, 걸어서 몇 분만 돌아도 끝이 보였다. 발 디딜 틈 없는 수목원 나무 아래를 내려다보니 몇 미터 안에 사람들 다리가 보여 사진을 찍을 수가 없었다. 꽃잎도 흐릿하고 나무에 달린 꽃도 찍을만한 것이 없었다. 옆에 다른 밭 천애 향 밭에 쳐놓은 거물에 비친 그림자만 몇 컷 담고, 쉬면서 문자를 확인했다. 반가운 동생의 문자가 와있다.

누나 제주에 오셨나요? 지금 동백수목원이다.

전화가 왔다. 주소를 찍어주며 해지기 전에 들리라고 한다. 밀감 한 상자 가져가란다. 그것이 중요한 것이 아니다. 만학 시절 첫 만남 오리엔테이션에서 만나 누나가 없다면서 누나 해줄 수 있냐던 순진한 동생이다. 술 한 잔 먹으면 얼굴이 홍당무가 되는 내 동생 제주도 출생이라 더욱 정이 갔다. 동생의 고향 제주도에 와있는 데 어머님도 뵙고, 집사람도 만나려고 내비게이터를 찍어 달린다.

팽나무가 곳곳이 서 있고 5.16도로 달려 사려니숲길을 지나고, 제주도 넓은 평원에 말 방목지도 보였다. 제주에서 꼭 가보고 싶은 사찰 관음사가 있는 곳도 지나서 애월읍이 나왔다. 한 시간을 달려서 동생 집에 도착 3층 집이었다. 첫 방문에 명절인데도 맨손으로 불쑥 찾아와 너무 미안했지만 어쩔 수 없이 동생네 마님도 만났다. 환영과 동시에 차 한 잔 타준단다.

커피로 달라고 했다. 어머님께 큰절하고 마루에 앉았는데 동생네 아들, 딸들도 인사를 했다. 창원에서도 두어 번 만났기에 어색함은 없는데, 명절에 제주 한 달 살기 하고 있는 내 모습이 미안할 뿐이었다. 동생 집사람도 성격이 참 좋아 보였다. 나와 혈액형도 똑같고, 성격도 비슷하다고 항상 하던 말이다. 스스럼없이 왜 제주를 오게 되었는지부터 이야기를 했다.

두 번째 책을 봤는지도 물어보았다. 아직도 나에 대하여 깊이 알지 못하는 동생 같아 이야기를 꺼냈다. 밝히고 싶지 않은 이야기지만 동생은 알아야 하지 않을까? 하여 말을 꺼냈다. 함께 아파해주고 위로해주는 동생 부부, 엄마는 저만치 앉아서 무슨 이야기 인지 들리지는 않겠지만 내 엄마를 보는듯했다. 귀가 어두우셔서 무슨 이야기를 하는지 알지 못하는 엄니셨다.

사과와 배를 깎아 줘서 먹고 어둡기 전에 길을 나서야겠다고 일어서는데, 그냥 나오기가 민망했다. 핸드폰 지갑을 열어 얼마 안 되는 용돈이지만 어머니 주머니에 넣어 드렸다. 동생을 불러 결코 사양하신다. 만 원만 받으시겠단다. 부끄럽고 미안했다. 봉투에 넣어서 살짝 놓고 오지 못한 마음에 내내 신경이 쓰였다.

중문으로 차를 돌려오는 데 해는 뉘엿뉘엿 서쪽으로 기울고 노을이 아름다웠다. 차를 잠시 주차하고 노을을 담았다. 제주의 노을은 처음으로 담아본다. 갈 때는 멀었는데 돌아오는 길은 가까웠다. 밀감 상자를 들어 올렸는데 상자 안에 돈이 있었다.

끝내 받지 않는 어머니, 동생에게 문자를 넣었다. 생각이 짧았던 누나를 이해해줄 것으로 믿었다. 마음이 매우 아팠을 동생이다. 아직 답변은 오지 않았다.

카톡을 읽지 않았다. 설 앞날이라 형제들과 재미있는 시간을 보내고 있지 않을까? 아침에 해놓은 밥이 있었다. 점심을 건너뛰어 배가 고팠는데 오자마자 허기를 면했다. 어둠이 몰려들고 주 남 집에 혼자 있을 남편생각이 났다. 하루에 한 번만 문자 보내기로 마음을 먹었다. 오늘도 저녁은 귀찮겠지만 잘 챙겨 드시고 미안하다는 문자를 했다. 시어머님 집에 가 있단다.

명절날 내가 있었다면 어머니 집에서 자는 일은 없는데, 아마 혼자 있을 어머니 생각도 났던 모양이다. 반성을 해본다. 이제 여자가 되어 돌아가고 싶은 마음도 있었다. 용서라는 말이 떠올랐다 스피치과제에서 시누이에 대한 용서를 이야기했는데, 지금은 내가 용서를 받아야 할지 그를 내가 용서해야 할지 모를 일이다. 한 달쯤 살고 나면 알게 될 것이라고 믿는다.

오늘 찍었던 사진들을 정리하고 어제 보냈던 사진을 검토해서 내려 받았다. 어제보다 나은 시선이었기를 기대해본다. 명절 앞날 이런 시간이 내게 주어졌다. 20년 결혼 생활 내내 명절이면 전 굽고 차례 음식 준비에 바빴다. 재혼 13년은 둘째 며느리로 인사치레만 하면 되는 삶을 살았는데, 잘하고 있는 일은 아님을 실감한다. 제주시 서귀포 창천동, 이 동네도 조용한 동네다. 집 뒤로 차가 다니고 앞은 산이라 조용한 편이다. 쉬이 잠이 오질 않아서 오늘 있었던 일을 정리해본다. 내일 명절날 아침은 또 어떤 시간으로 살아질지 생각해보지 않았지만, 오후쯤에나 가까운 곳에 나들이할까 마음 먹어보았다. 조금은 외로운 시간이 되어본 설날 전야 다 이제 잠을 청해 보련다.

두 번째 결혼생활과 졸혼

창밖이 어두워지고 혼자 누워 있는 방 밖에 옹이 울음소리가 주인이 온다는 신호와 함께 뚜벅뚜벅 발걸음 소리가 들린다. 계단 오르는 소리와 비비빅 비밀번호 눌리는 소리가 나며 힘겹게 발 들여 놓는 소리다. 이윽고 큰 방문이 쾅 닫히며 딸깍 손잡이 고정 버튼을 누르는 소리가 들린다. 신경이 온통 곤두서 있는 나를 발견하고 애써 태연한 척 누워 있다.

하루에도 수만 번 그림을 그린다. 혼자 있는 모습과 14년 동안 애쓰며 살아왔던 지난 추억에 잠기기도 하며 밤잠을 설치는 최근의 내 모습이다. 이 사람을 만난 건 파주 보광사에서 사찰 음악방송을 즐기고 있을 때였다. 2005년 10월에 입산하여 종무원 생활을 시작했다. 6시에 퇴근하면 안심당 따뜻한 방에서 8시부터 밤 열 시까지 사이버자키 시절을 추억해본다.

9시면 사찰 내에 모든 객실과 안심당에 불이 소등되는 시간이었다. 전 등불은 끄고 컴퓨터 모니터만 켜 놓은 채 헤드셋을 끼고 방송에 몰입했던 시간이었다.

인터넷 대성황이 일어났던 시기였고, 딴 세상에 온 듯이 인터넷을 즐겨 했던 때였다. 많은 사람이 사찰에서 방송한다는 이유로 문전성시를 이루었고, 방송 방이 미어터지랴 인기 있던 시간이었다.

나의 별명, 노을빛 연주. 지금 남편은 견우라는 별명을 썼다. 가끔 경 자생쥐들만 올 수 있는 건강세 상 쥐 방이라는 곳에서 놀고 있을 때다. 사찰에 관심이 많은 사람으로 가끔 그 방에 들어오면 나에게 묻곤 했다. 행자 생활과 스님의 생활이 어떠하다는 것을 대화방을 만들어 놓고 허심탄회하게 자신을 이야기했었다.

모태신앙이 불교였고, 대웅전에서 잠잤던 어린 시절을 이야기하며, 어머님이 절실한 불교 신자라고 이야기했었다. 젊은 시절 사찰 체험을 다녀왔고 삼천 배를 해보기도 했으며, 불교에 대한 상식이 풍부했다. 나의 사찰 생활을 이야기하던 중에 사찰에서 사는 만큼만 속세에서 열심히 살면 못 이룰 것이 없노라고 말하곤 했다.

채팅창에서 사찰 이야기는 내려가서 자세하게 이야기해주겠다고 했다. 그해 사월초파일을 지나고 사찰을 내려오게 되었다.   2007년에 이 사람과 달맞이고개에서 첫 만남을 계기로 서로에 관한 관심이 깊어졌다. 오작교전통찻집을 운영하던 시절에 서로에 대한 애정이 싹텄다. 처음 손을 잡는 순간 이 사람 손가락이 무 토막처럼 뻣뻣했던 기억을 소환한다. 고지혈증이 염려되어 혈액검사를 종용했다. 그 결과 엄청난 당뇨 수치로 인하여 파티마 병원에 입원을 하게되었다. 운명처럼 다가온 이 사람과의 사랑은 열열했다.

이혼 5년 만에 진실하고 성실한 성품의 따뜻한 남자, 손만 잡아도 온정이 느껴지던 그때 누가 먼저란 말도 없이 함께 살림을 합쳐 버렸다. 언양에서 출퇴근하는 나와, 부산에서 일하던 이 사람이 함께하게 된 것은, 하던 일이 종료

되어 서울로 올라갈 수밖에 없는 현실이었다.

그로 인해 헤어지기 싫었던 이 사람은 치킨 사업에 뛰어들게 되었다. 오작교 일터에서 일하던 그때, 장유에서 치킨 가맹점을 열게 되었다. 삼 일만 봐달라는 그 말이 씨가 되어 치킨업을 10년간 이어오게 되었다. 가맹점에서 시작하여 경남지사 업무를 했다, 법인 폐업하기까지 13년의 세월이 흘렀다.

언양에서 장유로 이사를 오게 되었다. 원룸에서 시작하여 아파트를 거쳤다. 지금 이곳 주남에서 살기까지 엄청난 노력의 결과물로, 삼 년을 경제활동도 일체 하지 않은 채 세월을 보내고 있었다.

당뇨가 있어서 담배를 끊었다. 술도 한때는 끊었지만, 다시 먹게 된 이후엔 아직도 병마와 싸우고 있으면서 계속 애주가로 남아있다. 한 남자는 너무 과도한 집착이었다면, 두 번째 사랑은 너무 지나친 관용을 베푼다고 믿고 있었던, 나에게 이렇게 큰 아픔을 가져오리라는 생각은 해본 적이 없었다.

2012년 창원대학교 최고경영자과정에 입학하게 되면서부터 나에게는 한 줄기 빛과 같은 학업 욕구를 충족할 수 있었다. 2013학번으로 만학을 하게 되고 신산업 경영학과를 졸업한 후 가야대 사회복지학과를 갈 수 있었다. 긴 세월이다. 팔 년간의 학업 끝에 2020년 2월 14일 석사과정 학위수여식을 하게 되었다. 행복했다. 이 모든 것은 이해와 관용으로 베풀어주는 남편이 있었기에 가능한 일이었다. 오로지 내가 하고 싶은 일이라면 무조건적이었던 남편이라 믿었다.

2013년 스페인 여행이 최초 해외여행의 발걸음이 되었다. 이후 6년 동안 42개국 30여 차례 여행을 다니게 된 나는 남편과는 몇 번밖에 같이 다니지 못했다. 남편 역시 학연 또는 지연과 함께 중국 청도 농림대학까지 수료하며, 많은 나라를 오가며 행복하게 지냈다. 둘이 가지 못한 곳은 지인들과 다녔고, 난 나대로 다녔다.

4년 전 물류센터의 일을 그만두게 되면서 혼자 외로웠다고 말을 했다. 난 예사롭지 않게 흘려들었고, 그로 인해 병이 될 줄은 꿈에도 몰랐다. 2018년 12월 호주 뉴질랜드를 마지막 여행으로 나의 긴 여행은 끝이 났다. 포용력으로 나를 이해 해주고 있다는 남편은 혼자 서서히 병들어가고 있었던 것 같다. 2016년 12월 31일 그만 두게 된 물류센터 일이 없어지게 되면서 내가 없었던, 여행 기간엔 혼자 아주 외로웠다고 남편은 말했다.

2018년 6월부터 남편의 방황이 시작되었다. 평택으로 일하러 몇 달 다녀온 후로 종종 졸혼이라는 말을 하고 있었다. 혼자 자유로워지겠다는 이야기도 간간이 했지만 대수롭지 않게 생각했다. 어느 날 10월쯤부터는 나에 대한 애정이 증오심으로 바뀌게 되면서, 2019년 2월에 드디어 내가 제주도 한 달 살기로 떠날 수밖에 없는 이유가 되고 말았던 시간이었다.

지금 생각해보면 좀 더 따뜻한 관심을 줬어야했었다. 이유 없이 그냥 방관해선 안 되는 일이었다. 남편을 최대한 배려한다는 마음으로 한 달에 얼마를 쓰던 있는 돈이 바닥 날 때까지 돈을 벌어야 한다는 메시지를 준 적이 없었다. 최종적으론 회사 폐업을 하고 난 이 시점까지 태양광 발전소 일이 마무리 지어질 때까지 빌려서라도 메꿔주는 바보 같은 일을 하고 말았다.

후회 없는 13년의 재혼 생활과 배려해준 덕분으로 60세까지 학업을 마무리 할 수 있어서 행복했다. 취미생활도 언제나 응원해주던 착한 남편이었는데, 어쩌다 여기까지 오게 되었는지 실마리를 풀기가 어렵다. 돈이 사람을 나쁘게 한다. 계산 없이 써버린 당신을 원망하기 이전에 내가 고삐를 더 죄지 못했던 바보스러움이 자신을 원망하게 되는 시간이다.

서로 각방을 쓰지만 한 지붕 아래 숨 쉬고 같은 솥 밥 먹으며 순두부 하나에 웃음이 있었다. 찬밥 한 덩이 라면에 말아 먹어도 행복했던 시간이 있었지만, 서로 눈치 보게 되고 이제 한 끼 식사조차도 차려주기 싫은 사람으로 변해있는 나를 발견하고 놀란다. 홧김에 한 말이라고 붙이기엔 너무 엄청난 말들을 했다. 술 취한 당신이 내뱉은 말이 나에게 독살이 된 지금이다.

애정 없이 3년을 살았고 돈만 있었으면, 작년에 집 나갔을 거란 그 말이 내 입을 다물게 했다.

여태 살아오면서 내가 더 당신을 사랑했음으로 내가 먼저 당신에게 다가갔는데 이번은 그렇지 못하다. 혼자 있는 시간이면 더 나를 학대한다. 왜? 여태까지 강하게 반문하지 않았는지를 나 스스로 질타한다. 딱 한 번만 더 관용을 베풀자고 며칠 전 문자를 보냈다.

"여보, 추운 날 방황하고 다녀봐야 몸만 상한다. 따뜻한 내 집이 최고지 빨리 오소. 떡국이나 한 그릇 먹게. 어휴, 삼 십 년 책임지려면 아직 16년 남았다. 건강해야 지겹도록 보잖아? 쌈박질해도 있을 때가 났다. 얼른 오소 마."

내 마음의 소리로 들어 줄줄 알았는데 그날 돌아온 답장은

"방황? 내가 방황할 나이가? 지금 상권분석 모임을 하고 있다. 데리러 오나?"

각자 차가 있었지만 차를 없앤 지 얼마 되지 않아서였다.

군말 없이 모시러 갔지만, 차에 오면서 더 심한 말을 한다.

어제 자신이 했던 말이 온전히 내가 잘못해서 한 말이라고 이제 당신하고 더는 못 살겠단다. 내가 원하는 대로 공증서 쓰고 헤어지겠다던 그 말이 뼈에 사무치도록 아픈 말이었다.

만나서 사는 동안 행복했었다. 후회 없이 살았던 것으로 아름다운 추억으로 남겨 두어야 하는 건가? 지금 생각엔 인연이 여기까지뿐이라고 생각하고 싶다.

아프게 후벼 파지 말고 행복할 때. 좋은 기억을 남기며 졸혼이라는 이야기로 매듭짓자.

목요일 밤은 길고 길었다

제주에서 한 달 살기 쉽게 내린 결정은 아니었다. 삼 개월 동안의 무심함, 두 사람 다 경제적 활동이 적었던 시간 동안 멀어져간 이유가 무엇인지도 모른 채 마음에 문을 닫고 있었던 남편이다. 내 성격대로 행동하고 마는 강인한 의지력이 문제 되었던 것인지도 모른다.

친구의 조언에 따라 다가가 보려고 노력도 해보았다. 마지막 날에 내 생각대로 행동하고 후회할지라도 한번은 더 무장해제 해보고 싶었다. 야관문주 한잔과 쇠고깃국, 쇠고기 치마살을 구워 놓고 술잔을 나란히 두 개 놓았다. 여태 해보지 않았던 고백을 한다. 이 모든 것이 부질없음을 알고 있지만, 이것이 최선인 줄 알고 살았던 나였다. 부부였기에 성생활도 하기 싫다는 소리도 하고 거부도 했던 것이 아닌가? 용서해달라고 말했다.

그동안 행동으로 보여주지 못했던 일들, 여자이기를 거부했던 몸이 하는 모든 것이 잘못된 일임을 깨달았다. 한 번만 더 마음을 열어 보지 않겠냐는 내 물음에 남편은 대답이 시원하게 나오지 않았다. 오늘 밤에 내가 한번 유혹해 보려 한다. 넘어오겠냐는 말끝에 의외의 답을 했었다.

이 밤에 내가 집을 나가야 하냐고 한다. 말문이 막혔다.

첫 번째 남편은 의처증으로 보냈고 두 번째 당신마저 이렇게 보내야 할 내 운명이라면 이제 더는 말하지 않겠다고 마음을 닫아 버렸다. 혼잣말로 중얼거렸다. 못 먹는 술 두 잔에 가슴에서 차오르는 그것이 무엇이었을까? 회한이었나?

볼을 타고 흐르는 눈물과 주체 할 수 없는 몸으로 한참을 앉아 있었다. "진작 내 마음이 돌아서기 전에 한 번이라도 이렇게 하지 왜 이제야 이러냐?" 그 말을 듣고 이미 늦었다고 생각하는 당신이지만 최선을 다해서 또 한 번 더 빌었다.

무슨 소용이 있겠냐만 내 마음은 후련했다. 이제 짐을 챙기려고 가방을 열고 주섬주섬 겨울옷만 끄집어냈다. 몇 가지 아닌데도 큰 가방이 하나였다. 짐을 꾸리는 동안 짐 챙기는 모습을 보고 있다가 미안한지 슬그머니 나가버린다. 명절 쉬라고 야관문 판돈 일백만 원 전부를 건넸는데 많다고 한다. 오십만 원을 도로 내놓는다. 당신하고 살면서 내가 돈 때문에 그렇게 짠 여자가 아니지 않았냐고 반문했다. 자기 방으로 들어가버린다.

늦은 밤까지 짐을 꾸렸다. 이미 메모장에 가져가야 할 물건들을 정리해둔 것들과 찻방에서 꺼낼 물건들, 냉장고에 있던 쌀 한 통도 담았다. 김치 반 통, 고추지, 콩잎김치, 젓갈, 등등 밑반찬과 혼자서 먹을 식기며, 수저, 과도까지 챙겼다. 쉬이 잠이 오질 않았지만, 목요일 밤은 길고 길었다.

이 생각 저 생각으로 각자의 방에 불이 꺼지는 시간이 오래되어서야 깊은 수면에 들어갔다. 얼마나 잤는지 일찍 눈이 떠진다. 새벽 6시 어제 끓여 놓았던 쇠고기 국물이 짜다고 뜨끈한 물 한잔 타서 아침을 먹는다. 말없이 잠자고 난 이부자리를 꽁꽁 싸맨다. 제주에서 덮어야 하니까, 카메라 가방도 챙기고 냉장고에 있던 것들도 담아 실었다. 8시 반이다. 30분 동안 차를 마시며 건넨 말이 겨우 "잘 있다 와." 이 말이었다. 정각 9시 집을 나섰다.

옹이와 눈빛으로 긴 이별을 나눈다. 한 달 후에 만나자. 강아지를 뒤로 하고 나섰다. 어제 내린 눈이 이별을 예고하듯이 솜 뭉치가 되어 내렸던 것 같았다. 내 안에 뭉친 응어리 같다는 생각도 해본다. 이 층에서 한참을 내려다보고 있는 남편이 멀어질 때까지 룸미러로 보고 있었다.

고속도로를 달려 혼자만의 생각으로 눈을 바라보았다. 순백으로 소나무 가지엔 순두부 풀어 놓은 것처럼 뭉쳐있다. 이것이 상고대 설경을 카메라에 담지 못했던 아쉬움 때문인지 차에서 내려 한 컷 찍어보기도 했지만 역시 카메라로 찍어야 제 맛이다.

안전하게 눈이 녹은 고속도로를 달린다. 어느 구간엔 눈이 덜 녹았다. 먼 산 하얗게 덮인 눈을 보며 순백에 가려진 아픈 내 마음이 더욱더 시리게 파고들었다.

완도로 향해가다가 섬진강 휴게소에서 고구마 우유 한잔과 옥수수 두 개를 샀다. 종종 강원도를 갈 때면 남편과 자주 사 먹던 옥수수 혼자 꾸역꾸역 먹어도 그때 둘이 먹는 맛보다는 못하지만, 입에 물고 햇살 좋은 제 주행이다.

천천히 와도 4시간 만에 완도 도착 시간이 많이 남았다. 3시간이나 남았다. 바람 불어 차에서 내리기 싫었다. 간밤에 잠을 설쳐서 차에서 한참을 졸았는데도 반시간 지났다. 한일훼리호에 승선표를 끊고 터미널에서 배표를 끊는다. 이미 예매해놓았던 터라 쉽게 끊었다.

한 시쯤 터미널 안에 없었던 사람들이 명절 연휴라 그런지 공항처럼 붐볐다. 실버크라우드호 배가 엄청나게 크다. 제주행 배는 처음 타본지라 차와 함께 2등 객실 5202호로 들어선다. 방처럼 신발을 벗는 곳이었다. 연인인 듯 청춘남녀가 벌써 TV 반대편에 누워 있었다. 겨울이라 선실은 설렁했다. 겨울옷을 껴입었기에 선실에선 견딜 만했다. 선실 밖으로 나 있는 창에 기대어 바다를 바라본다. 바다색이 파랗지 않았다.

내 마음처럼 색깔이 분명하지 못한 것 같았다. 눕다 앉다 일어나기를 반복하며 휴대전화가 아니었다면 이런 시간을 어떻게 보냈을까에 대해 의문이 든다. 친구들에게서 날아드는 메시지에는 용기 내서 잘 있다가 오라는 응원의 문자와, 그냥 안 가면 안 되냐는 선생님의 문자, 카카오스토리에 내 마음을 담아뒀던 진솔한 댓글들에 답하며 시간은 흘러갔다.

2시간 40분이 선실에 갇힌 공간에선 꽤 길게만 느껴졌다. 휴대전화 충전도 해가며 나오지 않는 TV 앞쪽에서 바다에 어둠이 내리는 모습을 지켜본다. 아직도 한참을 더 가야 하는데, 휴대전화기로 바다 물빛 몇 장을 찍어보았지만 헛똑똑이다. 포기하고 가만히 나를 돌아보는 시간이다. 이대로 서로가 이별의 아픔을 맛볼지라도 순응하며 받아들여야겠다는 생각을 해본다.

미운 감정도 없고 그렇다고 미워할 이유가 없는 사람이다. 함께한 세월 13년 차에 접어든다. 그동안 해보지 않았던 모든 일은 그 사람이 있었기에 가능했던 일이다. 학교며 여행이며 40여 개국을 돌아다니면서도 한 번도 이별이 잔재되어 있음을 인식하지 못했음에 죄는 없다. 서로가 유치해지지 못했던 부부였다는 그 사실 말고는 미워할 수 없는 사람이다.

스트레스도 많이 받았을 그 사람 회사에서 퇴직을 하고 일없이 2년을 살면서 더욱더 힘들어했던 그 사람을 생각해보니 이해가 된다. 나만 좋자고 여행을 다닌 것은 아니었다. 남편의 배려라고 생각했던 내 무지한 경험들이 또 이렇게 아픔을 가져왔다면 결코 받아들여야지 생각하는 동안 선내 방송이 나온다.

제주항에 도착하였으니 차와 함께 승선한 고객은 차에 가서 기다려 달라는 방송을 듣고 차 속에서 한참을 기다렸다. 30분 이상 차들과 사람들이 하선하고 난 뒤에 움직인다.

안덕면 창천리 길 안내를 받으며 어둑해진 제주를 달린다. 자주 와보았고 이 길은 몇 번을 다녔기에 전혀 낯 설지 않은 듯이 밤길을 헤집고 그의 한 시간 만에 해월정 원룸에 도착했다. 남편과 왔던 지난해 이곳을 지나다니며 봤던 신축 원룸이었다.

창천초등학교 앞이고 큰 길가이기도 해서 마음에 드는 곳이다. 미리 보내준 주인님의 따뜻한 배려를 받으며, 이 층으로 하나둘 보따리를 들어 올렸다. 방 하나에 모든 것을 해결할 수 있는 원룸은 또 다른 의미로 내게 다가온다.

2003년 북정동에 돌아온 싱글로 짐을 꾸렸던 내 슬픈 이별이 글을 쓰는 이 순간에 다시금 떠오른다. 아픈 일은 왜 이토록 잊히지 않는 걸까? 암울했던 시간 세상을 똑바로 볼 수 없었던 그때 음악에 빠져 있었다. 지금도 노을빛 발라드를 들으며 아침을 보내는 순간이 있지만, 그때의 심정은 이루 말할 수 없었던 처절한 혼자만의 생활이었다. 이별이 처음 이었기에 더욱 이해되지 못했던 시간이었다.

방에 불을 켜고 온도를 높이고 화장실 등등 확인해본다. 한쪽 모퉁이에 놓인 침대 하나, 옷장 등 작은방에 있을 건 다 있다. 가져온 짐들을 하나하나 풀고 먼저 점심을 옥수수로 채웠던 탓에 허기가 몰려왔다. 하얀 쌀 한 컵을 넣고 밥을 안쳤다. 밥이 되는 동안 짐을 정리했다. 컴퓨터, 카메라 나와 한 달 동안 무심하지 않게 해줄 물건들을 정리하는 동안 밥 익는 냄새가 구수하게 코끝을 자극한다.

김치·고추 장아찌, 젓갈 등을 놓고 조촐한 제주에서의 저녁을 먹는다. 전화벨이 울리더니 남편이었다. 도착했는지 물었다. 궁금하긴 한 걸까? "늦게까지 힘들었네!" 하며 잘 있다가 오라고 했다. 저녁은 어쨌냐는 일상적인 질문에 저녁에 모임이 있어서 창원 나갔다가 들어오는 길이란다. 내가 집에 있을 때보다는 훨씬 빠르게 귀가를 하는 모양이다.

저녁밥이 늦어서 그런 것이었겠지만 맛있었다. 뜨끈한 메밀차 한 잔과 식후에 오는 포만감을 즐기고 있을 때 친구들의 전화가 빗발친다. 잘 도착했냐며, 매주 참석했던 스피치 수업을 빠진 날이라 더욱 문자 소리가 자주 울렸다. 여고 친구들도 제주한달 살이 도전한다고 믿고 있는 친구들이 더욱 전화를 많이 한다. 꼭 제주도 너 있을 때 찾아오겠다고 한다 해도, 나의 대답은 정해져 있다.

오롯이 혼자 지내보고 싶은 마음이 크다. 누구의 위로도 없이 어쩌면 나와의 약속인지도 모른다. 혼자 해보고 싶은 일 마음 가는 데로 하기로 했다. 한달 계획 없이 지낼 것이다.밤늦은 시간 꽤 오래되었다.

침대에 온도 조절이 가능한 더블 침대라 더욱더 편했다. 남편과의 일이 떠오른다. 새로 장만한 침대에서도 함께 지내보려고 시도했던 일들, 한 침대생활은 보름도 지내보지 못하고 내방으로 줄행랑쳤던 그때가 생각났다. 왜 그랬을까? 내 안의 모든 것 내가 포기하지 못했던 마음은 무엇일까? 한창 어린 나이에 짓밟혔던 순결 때문일까? 두려워서 떨었던 과거 때문일까? 내 온몸에 닿는 신체접촉이라면 치를 떨던 내 모습이 복사되어 일렁인다. 혼자 살라는 것이 예고된 일은 아닐까? 운명처럼 받아들이게 될 것인가? 이혼 후 몇 년 동안 혼자 지낸 시간에 너무 그리웠던 사람 냄새를 잊었던 것은 아닐까? 온갖 의문이 꼬리를 문다.

발끝이 따뜻한 온기로 내 몸을 녹인다. 한 번도 무너지지 않고 허락하지 않은 내 자존심이 결국 이렇게 된다면 받아들여야 할 것인가? 힘든 시기에 서로를 의지하고 불태웠던 정열이 아깝지도 않다는 말인가? 그 사람을 만나서 최상으로 살았다. 한 번도 해보지 않았던 모든 일을 경험했다. 모든 것을 누리며 살았는데 혼자 동그마니 누워서 옛 생각을 떠 올려보지만, 아직도 접어 버리기엔 너무 이른 시간임을 말하고 싶다. 놓치지 않고 싶은 마음이 컸기 때문에 제주도를 달려왔다. 집에 있으면 구정 지나고 나가겠다는 말에 홀로서기를 준비하기 위해 떠나왔다.

그 사람의 행동에 서러워하지 않고 미워하지 않을 자신이 있을 때 떠나보내자. 실습하는 한 달 동안 제대로 무늬만 부부로 살았던 시간을 곱하기 2 한다고 무엇이 달라지겠는가?

전화통화 문자 등도 자제해야 할 것 같다. 의미를 두지 않고 그 사람이 집에 없는 것처럼 의연하게 시간을 보내기로 하고, 점점 무거워 오는 몸을 따스한 온 기속으로 밀어 넣는다.

남편이 멀어질 때까지

남편에게도 과거에 아픈 상처가 있는 사람이다. 나와의 만남 이전에 한 살 연상의 아이 엄마와 행복하게 살았던 남편이다. 딸만 둘이 있는 가정의 남편 으로 자상한 아빠의 시절이 있었다.

지금도 어딜 내놔도 못생긴 편은 아니다. 육십의 나이와 전혀 상관없이 동 안 얼굴을 자랑했었다. 하얀 머리 빛깔이 잘 어울린다는 이유로 흰머리를 몇 해 전부터 고수하고 있다.

남편은 눈에 쌍꺼풀이 있으며 목소리는 저음이라 매력적이었다. 나와 인연 이 되기까지 많은 인생여정이 있었겠지만, 모태 불교 신앙을 갖고 태어난 남 자이다. 진실한 모습에 반해버렸고 진솔함에 매혹되어 13년간 함께 사는 내 남편이다.

누구보다도 열정이 많은 사람, 일에 빠지면 한 가지만 할 줄 아는 사람, 사랑도 한곳으로만 흐르는 사람이었다. 치킨과 인연이 있기 전에는 라이선스도 가지고 있는 사람이었다. 지사 운영으로 스트레스를 많이 받았던지 머리카락은 더 흰빛이 많아졌다. 10년간의 치킨 사업은 누구보다 열심히 일했다. 덕분에 창고도 하나 지었고 집도 마련했다.

지금 사는 주남의 집을 그와 함께 이룬 집이다. 새집을 짓고 집에 솥아, 붓는 열정도 많았던 남편인데 어느 시점부터 집안에는 신경을 쓰지 않는 사람이 되고 말았다. 집안 화단에 세 그루의 소나무가 병색이 짙은데도 모르는 그였다. 봄이 오기 전에 겨우내 소나무는 갈비를 만들어내고 있었다.

화단을 만들어 준 그분께 소나무 상태를 보여드렸다. 오월에나 약을 처방해 주겠다고 답변을 받았다. 그토록 자상했던 남편이 때로는 화를 버럭 잘 낸다. 충청도와 경상도 억양의 문제도 있는 것 같았다. 내가 한 말뜻은 그것이 아닌데 때론 자주 화를 내기도 하는 사람이다. 잘한다고 칭찬해주면 너무 좋은 사람 칭찬에 약한 남자도 나를 위해 모든 것을 이해한다고 생각한 것부터가 잘못되기 시작한 시기였던 것 같았다.

작년 12월에 호주 뉴질랜드를 다녀오고 이제 여행은 당분간 접고 살아야지 마음먹고 있었던 때부터 혼자 갱년기가 왔었나 보다. 남자의 갱년기가 여자의 갱년기보다 더 무섭다고 하나 남편이 달라지기 시작한 것은 그때부터였다. 종종 졸혼에 관하여 이야기가 나왔고 이 집에서 사는 것도 싫다고 한 적이 있었다.

그냥 그러려니 했던 것이 화근이 되었다. 주말이면 으레 함께했던 시간이 많았는데 밖으로 나돌기 시작한 것이 치킨 사업을 그만두고 난 그 이후였던 것 같다. 남편이나 나나 늦은 나이에 공부하는 것을 좋아하는 것은 닮아 있었다.

내가 하는 일을 만류해본 적이 없는 남편 덕분에 학교에서 보낸 시간이 길었다. 고마웠다. 모든 것이 그로 인하여 배울 수 있었고, 사진 또한 밀어준 덕분으로 아직도 배우고 있었다. 1월 한 달 사회복지 실습 기간이라 장 유복지 재단에서 일할 수 있었다. 실습 기간이 끝남과 동시에 제주 한달살이를 준비했었다. 해외 나들이를 일 년에 몇 번씩이나 다니던 습관이 있어서 인지 어디론가 떠나고 싶다는 생각은 자주 한다.

모든 것을 집어 던져 버리고 또 다시 절에나 갈까? 생각하고 사찰 넷을 뒤집어 본 일도 자주 있는 일이다. 그래도 이 나이가 되기 전에는 종무소나 사무장급으로 오라는 곳도 많았는데, 60살이 되고 보니 갈 곳이라고는 밥해주는 공양간 아니면 나를 찾는 곳이 없었다. 자격증이 주어졌지만, 복지센터를 짓는 거 이외엔 많은 어려움이 따랐다.

복지사업이 잘된다는 이유로 너도나도 재가 요양복지센터를 차렸다. 졸업과 동시에 꼭 센터를 내겠다던 나의 각오는 사라지고, 장애인 지원사 자격증, 요양보호사 자격증, 건강 가정사 2급 자격증까지 소유하려고 또다시 인터넷으로 강의를 신청하기도 했다. 내가 떠나고 없는 집이면 남편이 애착을 두고 집을 돌볼 거라는 생각이 내재 되어 있었던 것 같다. 남편이 달라졌다. 집을 중요하게 생각하지 않는 것 같았다. 마음이 딴 곳으로 흐르고 있었던 것 같지만 그 이유를 찾아보기도 쉽지 않았다. 내가 와있는 이곳 제주도 한 달 중에 한번은 와주겠지라는 마음은 예상 밖의 일이었다.

그와의 삶 13년 중에서 한 침대에서 생활한 시간은 그다지 많지 않았다. 장유에서 치킨 장사를 할 때는 긴 시간의 업무와 짧은 시간의 휴식이 서로를 멀어지게 만들었던 것 같았다.

지사 일을 시작하고 프로그램 운영 시간의 변동으로 난 학업에 열중하고 돌아오면 밤 11시가 되었다. 두 시까지 주문 프로그램을 봐주던 터라 나와 취침 시간이 달랐었다. 그래도 변함없는 부부로 살았다. 나보다 더 남편을 많이 챙겼던 나였다. 제주도를 가기 전날 밤엔 내 모든 것을 포기하고 애정 공세를 펴보기도 했으나 남편의 마음은 흔들림이 없었던 것 같았다. 그렇다면 떠날 수밖에 없음을 인식하게 되었다.

나보다 먼저 자기 방에 들어갔고, 숨 쉬는 소리조차 너무 조용한 밤이었다. 아침을 먹는 둥 마는 둥 제주에 갈 것만 챙기고 있었다. 서로 말이 없는 가운데 새벽에 일어나서 모든 짐을 차로 옮겨 놓았다. 집을 떠나는 그 순간도 나를 붙잡겠다는 생각은 없었다. 오로지 잘 있다가 오라는 말만 남기는 남편이었다. 하늘빛은 맑은 빛은 아니었다. 짐을 하나하나 챙겨 차에다가 갖다 놓고 아직도 많이 남은 배표시간이지만 집에서 멀어지기를 결심하고 집을 나섰다. 이층에서 내려다보는 남편의 모습이 짠했다. 연민의 정이 느껴졌던 것일까? 십수년 동안 정들었던 남편을 두고 말없이 한달살이 나섰던 그 용감함이 무엇을 의미했단 말인가? 제주에서 돌아오면 많이 달라져 있기를 기대했었고, 나 또한 자신에게 많은 변화가 있길 기대했었을 거다.

남편의 모습이 멀어질 때까지 룸미러로 바라보았다. 주남 돌다리 길까지 가면 보이지 않는다. 뒷모습만 멍하니 바라보던 남편이 보이질 않았다. 카페 앞을 지나간다. 다른 때와는 또 다른 느낌에 목이 메어왔다. 뒤돌아 가고 싶은 생각보다 혼자 제주도에서 생활하는 내 모습을 반추해보며 서글픈 생각이 먼저 들었을지도 모른다. 이왕 집을 나섰으니 용감하게 한 달의 보내야 한다는 일념으로 완도를 향해 속도를 높이고 있었다. 끝까지 붙잡아 주지 않은 남편이 야속했다.

내가 떠나지 않는다면 자신이 집을 나가겠다는 얄미운 말까지 포용해야 했다. 집을 두고 나간다는 것은 좋지 않은 습관이다. 잘못된 부부 싸움이라도 집에 있어야 쉽게 풀어질 텐데 한 달을 살고 오겠다는 것은 한 달 동안 풀지 않겠다는 말과 일치되는 뜻이기도 하다.

서둘러 이해시키기도 싫었다. 나 자신에게도 꼭 해보고 싶은 일 중의 하나였으니 자신과 싸움에서도 이기고 싶은 충동적인 발상인지 모른다. 아무튼 시작은 되었다. 나의 방황인지 혼자서기 연습인지 휴대전화만 들면 쉽게 통화 할 수 있는 일이지만 무디어 보기로 자신과 약속한다. 이 모든 것이 쉽게 지나갈 거라고 믿으며 제주행에 몸을 실었다.

배에서 곰곰이 생각해본다. 그와 인연을 맺을 때를 추억해보았다. 느릿한 말솜씨에 술을 좋아했던 그 사람이었다. 대구 봉무공원에서의 첫 만남은 인사만으로 끝냈었다. 그때도 삭발한지 2~3개월이 지났을 때였던 것 같다. 난 하얀 법복을 입었고 그는 잿빛 법복을 입었다.

운명처럼 그와의 인연이 시작된 것이었다. 인연이 있으면 다시 만나지리라 믿고 헤어진 시간이었는데, 사찰 방송 중에서 다시 만나게 되어 2007년 사찰에 있었던 시간을 마무리 지을 즈음에 찾아온 인연이다. 느린 말씨에 적응이 되었던 것은 내가 사찰에 정진으로 묵언 수행을 많이 하였기에 이 사람의 느린 말씨도 이해하고 따라 주었던 거 같다.

하나밖에 모르던 사람, 오로지 나만을 위해 오작교를 오가며 지켜주던 사람, 당당하게 지사일을 100억대까지 끌어 올렸던 사람이었다.

한없이 작아지는 남편의 모습을 바라볼 때 그때가 좋았다는 생각을 해봤다. 큰소리치고 당당하던 지사 일을 맡아서 할 때 용기 있고 패기 있는 모습이 떠오른다. 어떤 일을 하더라도 꼭 성공할 것이라는 신념이 있었던 때도 있었다.

지금은 말한다. 그 당시에 배꼽도 떨어지지 않았던 창고를 팔자고 할 때 팔지 않았다는 그 말을 되뇌며 시국을 걱정하곤 한다.

원하던 시스템 창고를 지었다. 크게 투자하여 걱정 없이 지낼 수 있다고 생각했던 그 시절은 참 좋았던 때였다. 경제가 곤두박질치고 있다. 이 나라의 모든 업종이 다 무너져 내리고 있음을 실감한 때는 이미 늦었다. 사무실을 빌려줬던 창고 얼마 전에 연락이 왔다. 계약 기간이 남았지만, 창고를 비우고 나가겠다고 말하는가 보다. 잠이 오지 않는다. 걱정이 내 코를 석 자 빠지게 한다.

남편이 멀어졌었던 작년 2월보다 지금이 더 무섭다. 그와 함께 하는 시간 동안 많은 부채가 있어서 창고의 세가 잘 나가지 않는 현실이 두렵다. 슬기롭게 헤쳐 나가야 할 현실이 닥친 것이다. 힘들고 복잡한 일들이 산재 되어 있지만, 지금처럼만 아무 일이 없었다는 듯이 머물러 있고 싶은 심정으로 오늘을 보낸다.

제2장

햇살 좋은 제주행

바다색은 파랗지 않았다

지난해 9월 태풍 타파가 휩쓸고 지나간 다음 날 새벽 제주도 환상의 섬 종주를 위해 떠났던 날 제주 하늘은 유난히도 맑았다. 6시 50분, 첫 비행기를 타기 위해 4시 30분 기상하여 남편 배웅을 받으며 제주도로 떠나왔다. 제주하이킹 사장님의 마중으로 2박 3일간의 자전거 대여를 하고 라이딩 복으로 갈아입었다.

초보 남자 두 명과 자세한 설명을 듣는다. 가게 앞 오르막을 테스트하며 시작된 라이딩이다. 그랜드 슬램을 목적으로 타는 제주 종주 234km 해안도로를 따라 돌면 250km가 넘는 도로란다. 제주 한 달 살 이로 시작부터 낯익은 도로와 비양도 등 오른쪽에 바다를 끼고 반시계방향으로 바람 없는 제주 길을 신나게 달려본다.

쉽게 종주를 마치라는 사장님의 배려로 좀 더 값진 자전거를 대여한 보람이 있었다. 2월의 제주도와는 비교할 수 없는 청명함 미세먼지도 쓸어서 갔다. 좌측에 멀리 한라산을 기점으로 운무가 멋지게 휘감겨있다. 가을하늘은 금방 솜뭉치라도 떨어뜨릴 듯이 널려 있는 새털구름 덩이를 머리 위에 이고 달려본다.

제주 특유의 검은 돌 틈으로 하얗게 부서지는 파도 시리도록 날아와 부딪힌다. 종주계획을 할 땐 송악산 인증을 하고 하루 숙박하려 했으나 시간과 에너지가 남았기에 산을 끼고 안덕 해월정까지 달렸다. 멀리 간판이 보이면서 설레는 마음이다. 친정 온 듯이 가슴이 푸근하다. 편의점에 들렀다. 일하고 있던 노총각이 나를 반긴다. 해월정 사장님께 제주 입성을 알렸다. 비타민 공급으로 캠벨 포도 한 송이를 먹으며 총각과 담소를 나눴다.

총각에게 아직 결혼하지 않는 이유를 물었더니 혼자서 사는 것이 편하고 좋단다. 그래, 잘 생각했다고 말하고 싶었다. 둘이라고 항상 행복한 건 아니라는 말이 입에서 나오다가 말을 바꿨다. 국가적으로 손해다. 출산을 장려하는 의미로 꼭 좋은 사람 만나서 결혼하라는 인사를 남겼다. 법 환 바탕으로 출발한다. 16.5킬로 남았단다. 오르막 신나게 밟지 못하고 인증센터에 도착한 시간 오후 5시다. 조금 빨랐다. 인주가 없는 곳은 전국종주를 다녀도 여기가 처음이다. 마른 인주는 가끔 있었지만 황당하다. 도장에다 물을 묻혀 겨우 인증하고 사이버 인증을 했기에 일단 안심한다. 해 질 무렵 늑대와 개의 시간이 싫다.

첫날 종주 105km를 달려 오늘은 마무리한다. 블란디야 펜션에서 바다가 보이는 방 전망이 너무 아름다웠다. 해지는 저녁노을을 뒤 베란다에서 감상했다.

몸만 들어와도 전혀 불편함이 없는 펜션 필수품은 비치되어있다. 더블베드에 안락하고 깨끗한 침구 하룻밤에 오만 원이면, 전국 어디다가 내놔도 괜찮다. 그곳에서 일박한다. 낮에 먹은 커피 탓인지 드물게 자전거를 타서 피로함이 몰려온 탓인지 쉬이 잠들지 못하는 밤이다. 오랜 시간 눈만 감고 뒤척인 것 같은 느낌으로 3시 50분에 맞춰 놓은 알람도 무시한 채 기상을 해버렸다.

남은 구간에도 안전하게 잘 마무리될 수 있기를 바라는 마음으로 제주 첫날 라이딩 기록했다. 같은 해 2019년 2월 1일 완도에서 배에다 차를 싣고 도착한 제주도 지금같이 푸른 바다가 아니었다. 마음이 아파서 떠나온 탓인지 2월의 제주 바다는 검푸른 바닷 속이 무섭게 짙은 블루색이었다. 밤늦게 도착한 제주 원룸에서의 시작은 상상했던 만큼이나 아름다운 밤도 아니었다.

서귀포 해월정 사방이 트여 제주도를 다니기엔 충분한 지역이었으나. 바다를 끼고 먼 바다에서 파도 소리 들리는 곳도 아니었다. 군산 오름 아래 위치한 원룸 해월정은 바람 소리만 유난히 크게 들렸다. 원룸에 들어서자 최초 이별을 예고했을 때 북정동 원룸을 떠올렸다. 그 원룸은 여기에 비하면 너무 넓고 좋았던 거 같다. 혼자 살아야 한다는 외로움과 처절한 이별의 싸움이 시작되어 누리지 못한 혼자만의 시간을 빼면 그래도 15평짜리 원룸은 어디다 비교해도 살기 좋은 집이었다.

그곳에서 이혼하려는 긴 시간 일 년 반이라는 세월 동안 컴퓨터로 쌍방의 싸움은 시작된 것이다. 이혼소송에 필요한 답변서를 컴퓨터로 기록하고 사무장에게 보냈다. 나의 인생사를 똥물을 토해내듯이 토해내야 했다. 서로를 할퀴고 헐뜯고 누가 잘했는지 잘못했는지 잘잘못을 가리고 시시비비 시시콜콜한 그것까지 다 끄집어내야 끝을 낼 수 있는 이혼이다.

심지어 내 영혼의 뿌리가 흔들리는 것 같았다. 부모가 이혼하면 아이들이 상처를 받게 되는데, 증인의 하나로 아들까지 법정에 세우는 비정한 남편을 보고 죽이고 싶도록 미운 감정이 솟아올랐다. 이혼소송의 성냥하지 않은 법과 싸움은 잘못돼도 한참 잘못된 이혼소송이었다. 폭력은 조정까지 갈 필요도 없이 빨리 끝내야 하는데, 일 년이란 지겨운 기간 동안 서로의 인생을 말살시킨다.

재산 분할청구 소송이 들어가고 피차 증인을 세워야 했다. 그 아픈 추억이 서려 있는 북정동 원룸의 생활은 그의 두 번 기억하고 싶지 않은 방이었지만 오늘 막상 제주도에 도착하고 보니 불현듯 떠오른다. 두 번 아픔을 겪어 내고 싶지 아니한 발버둥과 몸부림으로 이곳까지 온 것이 아닐까? 라이딩할 때도 마찬가지로 풀리지 않은 과제를 않고 달리고, 또 달렸었다.

삭발까지 감행하며 내 안의 역마살을 헤집고 달렸다.

점점 피를 말리듯이 이혼소송의 칼날은 서로에게 앙금이었다. 내 마음 같아선 그래, 너랑 이만큼까지가 인연이었다고 하자. 서로 인정할 것은 하고 헤어져. 자식은 서로 볼 수 있게 해주는 것이 공정한데 몇 년 동안 아들, 딸이 성인이 되어 부모를 이해할 때까지 아버지 몰래 만남을 지속하고 있었다.

아프다가 죽을 때까지 몰랐으면 한다는 딸의 말에 내 영혼이 흔들렸다. 이미 너무 아파버린 딸은 스스로 감당할 수 없을 만큼의 무게를 안고 있었다. 그런 딸을 보면서 아픔은 여기까지라는 생각이 들었다. 제주 먼 바다를 향해 내 안의 힘든 그 모든 것을 송두리째 떠나보내고 싶다. 십삼 년 만에 찾아온 제주 졸혼에 대하여 고민해보려 고 한다.

어디서부터 어떻게 잘못되었는지, 어찌해야 인연이 다하는 날까지 잘 살아갈 수 있을지를 고민해보기 위해 혼자 한 달을 살아보려는 방법을 택했다. 아무도 위안이 되지 않지만, 이 또한 지나고 보면 지나가길 잘했다고 느낄 때가 올 것을 알고 있다. 시간과 싸움이다. 내 안에 찾지 못한 비밀들을 하나씩 끄집어 내보고 싶다.

해운대 앞바다에서 시작된 신혼에서 재혼생활 중 가끔 치킨 장사를 끝내고 찾아갔던 그 겨울 바다에는 세찬 바람만 남아있었다. 신혼여행은 해운대에서 시작했다. 북정동으로 돌아와 혼자가 되었을 때, 동해를 돌아 서해를 누빌 때, 그때도 바다에 많은 의지를 했었다. 또다시 여기 제주까지 내려와서 인생의 두번째 고통을 정리하고자 함은 무슨 연유일까?

제주도 한 달 살기 인터넷으로 얻은 방 작지만 한 달 동안의 여유를 묻어둘 이곳 원룸, 집에서 가져온 전기장판에 몸을 뉘며 생각의 꼬리를 문다. 떠나올 때의 바다는 슬픈 바다였다. 제주 한 달 살기동안 바다 구경은 많이 했다. 바람이 부는 날의 바다는 파도가 많았다. 거센 파도가 불어오면 마음까지도 시원하게 해주는 것 같았다.

바람 많고 흐린 날의 제주도 2월은 일 년 중에 가장 기온이 고르지 못하고 좋지 않은 달이었음을 알았다. 2월이 짧다. 이틀이나 짧은 달이었지만 주인장께서는 며칠 더 지내다가 가라고 하셨다. 고마운 분이었다. 정년퇴임 기간까지 아이를 돌보는 창천초등학교 교장 선생님으로 퇴임하셨던 분이라 그런지 멋스러운 분이셨다. 삶의 지혜가 녹아 있는 분이었다.

3월 1일, 떠나온 제주 한달 살기에 충분한 날들이었다. 바다를 끼고 바닷속에 풍덩 빠져 있는 느낌이 들게 되었다. 제주에서 살라고 하면 아마도 난 안 살고 싶다고 말했을 것 같다. 제주도는 여행지로 서의 아름다운 부분이 더 많을 것 같다. 살아보고 느낀 곳이긴 하나 난 바다보다는 산을 택하고 싶다. 가끔 자연인에 관한 프로그램을 보지만 산이 더 매력 있다. 산에서 살았던 삼 년이 바탕이 되어 그런 것인지는 알 수 없지만, 제주를 떠날 때 검푸른 바다는 내 마음에 희망의 푸른빛 바다로 남아있지 않다. 아름다움을 감상하러 올 때 내게 보여준 그 맑은 에메랄드빛 바다를 사랑하고 싶다.

힘든 시기가 지났다. 제주 생활도 끝났고, 환상의 제주도 종주도 끝냈던 2019년, 나에겐 다사다난했다. 다시 바다를 향한 그리움이 더해지는 그 날까지 내 마음에 제주도는 그리운 환상의 섬으로 남기고 싶다. 아파했던 날들도 즐거워했던 종주도 이젠 미래희망의 바다로 떠올리고 싶은 제주도의 바다색은 파랗지 않았다고는 말하고 싶지 않다.

좋은 기억만을 가슴에 남겨 둔 채 그와 함께 제주도 여행할 날을 기다리며…….

물 한 모금 알약 하나

내 방 침대에서 잔 듯이 따뜻하고 포근한 잠에서 깨어났다. 아침 시간에 약 먹는 시간이라 그 시간에 항상 눈이 떠지는 것은 3년 차에 접어드는 약 먹기에 단련된 것 같다. 어젯밤에 켜놓고 잠든 노을빛 발라드에서 귀에 익은 음악이 흐르고 있었다.

북정동 원룸에서 몇 달 동안 컴퓨터음악방 CJ 시절에 선곡했던 익숙한 곡들이 전달되어 오는 아침이다. 물 한 모금 알약 하나 주남의 집에 있을 때면 아침마다 약 먹으라고 건네 주던 따뜻한 음성이 없는 날이다. 포트에서 물 한 잔과 노란 약 한 알을 먹고 창문을 열어본다. 야산이 풍경으로 들어온다. 어제 해놓은 밥을 저녁 반찬과 똑같이 먹는 두 번째 아침이 된다. 집에 있을 땐 마즙 한잔 갈아서 남편에게 먼저 주었다. 김치국밥을 즐겨 먹는 남편이라 술을 먹은 날이면 꼭 김칫국을 끓였을 아침이다. 간단히게 혼자 밥을 먹는다. 즐거

먹는 커피도 한잔 마시고 이제 제주에서의 1일차 외출 채비를 해본다.

어젯밤 안덕면을 검색해서 금모래 해변까지 집에서 4.2km의 길을 걸어서 가보기로 했다. 창천리 초등학교 앞에서 출발한 데크 길을 걸어서 나서는데 눈에 들어온 건 노랗게 익은 천애 향이 소담스럽게 달려있다. 먼발치에서 200m로 쪼여 본다. 납작 엎드려 쳐다보며, 몇 컷을 담고 길을 내려간다. 500m 나갔을까?

시인 임관주 마애명이 있는 곳 130m 표지판이 나온다. 데크를 따라 내려가다가 괜스레 으슥한 기운이 느껴지며 무서운 느낌이 스쳐 간다. 어렸을 때 대밭에 가려면 왠지 스산한 기운이 느껴지던 그때 생각이 나며, 한 발짝도 더 갈 수 없는 땅 기운이 느껴져 그냥 뛰듯이 계단을 올라왔다.

자연을 보며 걷지만, 마음이 머문 자리에만 가기로 마음을 먹었다. 가는 곳마다 뉴질랜드에서 흔히 볼 수 있었던 나무들이 길이 채로 쭉쭉 뻗어 담장이 된 동네 길을 걷는다.

먼 곳에 그물을 통해 아름다운 곡선이 보였다. 시골 정자에서나 볼 수 있는 가지만 앙상하게 남은 나무들도 많다. 이런 나무들을 보면, 심장의 핏줄을 연상하게 된다. 하늘빛에 견주어 찍어보았다. 안덕계곡까지 걸어왔다. 그냥 관광을 왔으면 명소에만 가보고 지나쳤을 계곡도 시간이 많아서 들리기로 하였다.

계곡물은 많지 않고 자작하게 남아있었다. 흔히 볼 수 있는 돌하르방 옆에서 지나는 관광객 고등학교 학생쯤으로 보이는 아들에게 부탁하여 돌하르방을 안고 한 컷 인증 사진을 남겨 보았다.

아버지와 온 가족이 여행을 온 듯 하여 부자지간을 찍어드리겠다고 했다. 흔쾌히 포즈를 취하는 아버지와는 달리 아들은 "아, 싫은데."를 외치며 못 이기는 척 한 컷 찍어드린다.

지나가는 관광객을 보며 멀리 있는 아들을 떠올려보았다. 18세 때 헤어졌다. 어릴 때 찍은 사진은 있지만, 커서 찍은 사진은 추억할 만한 사진이 없다. 아들이 미국에서 결혼할 때 엄마를 초대했었다. 그나마 결혼 사진 몇 장이 있긴 하다. 그놈이 샌디에이고에 집을 장만하고 2월 한 달을 집수리에 시간을 보낸다고 한다. 며느리도 엄청 검소하다.

활달한 성격의 소유자 내며느리다. 넉넉하지 않은 살림에 집을 장만하느라 수리는 엄두도 못 내고 지들끼리 자리를 뜯어내고, 장판을 직접 시공한다고 몇 장의 사진을 보내왔다. 안덕계곡에서 만난 인연 때문에 아들을 그리워하게 되고, 사진을 보고 또 들여다보았다. 홀로서기 연습이 잘되고 방학이 끝나면, 꼭 미국에 가서 아들과 함께 두어 달 보내고 오리라고, 마음을 먹어 보지만 혼자 생각일 뿐이다.

계곡을 들어서자마자 주상절리가 눈에 들어왔다. 영국 거인들의 길 자이언트 코즈웨이에서 본 주상절리와 그의 유사하다. 앉는 의자 같이 생긴 비슷한 바위들을 보며 한참을 멍하니 사진 찍기를 해보았다.

간간이 비춰 주는 햇살의 힘을 빌려 빛이 들어오는 장면과 아닌 장면을 담고 깊숙이 들어가 본다. 곡선이 주어진 길도 담고 혼자 몰입된 시간이 얼마나 지났는지 모르는데, 이따금 관광객들이 이곳을 들려준다. 길 가운데 맷돌처럼 생긴 돌에 물이 고여 있다. 이 장면을 놓칠세라 반영된 하늘을 수없이 담아보았다.

위에서 보면 낭떠러지인데 아래서 위로 바라보니 동굴처럼 빛이 들어오는 그곳까지 가지 않고 계단의 빛을 담아보았다.

방부 목의 색상이 마음에 걸리기는 했으나 무방하나. 되돌아 나오며 좀전에 보았던 주상절리를 아쉬운 듯 다시 담고 길을 걷는다. 오로지 내 생각을 하면서 혼자 왜 여기까지 오게 되었을까? 제주의 길을 이방인이 자기 집터인 양 걷고 하늘과 바람과 제주의 풍광을 온몸으로 받아들이는 시간이다. 2.4Km를 걸었다. 건강과 성 박물관 앞에 도착하여 대형야자수 나무들만 몇 컷 담아보고 박물관 마당을 지나 화순 금모래 사장을 향해 걷는다. 길가에 핀 수련인지 하얀 꽃을 담아본다.

처음 여행을 갔던 스페인과 네덜란드에서 친구가 사왔던 말라비틀어진 알뿌리 식물을 심었다. 이듬해 핀 금낭화 모양의 하얀 꽃들이 창고 옆에 피는 꽃과 똑같은 꽃이 제주에는 2월 초에 개울가나 길가에서 흔히 볼 수 있는 꽃이었다. 띄엄띄엄 예쁜 펜션이 있다. 카페가 아름답게 자리를 잡고 있지만 불 켜진 카페에서 손님이라고는 보이지 않아 들어가 보기가 무척 어렵다. 가장 흔한 가게는 천 애향 가게다. 길가에 흔히 접하는 곳이다. 쭉쭉 뻗은 자전거 도로를 걷기보다 꼬부랑길 자연과 흙을 밟으며 시골길을 걷는다.

배가 고프다고 느끼는 시간에 휴대전화를 보니 두 시 반이 지났다. 화순 삼거리 길옆에 돈 빚 집을 선택했다. 점심 메뉴로 순두부가 있었다. 주남에서도 순두부를 늘 즐겨 먹던 집이 있었다. 가술 삼거리 그 집은 자주 이용하는 순두부집이기도 하지만 서울에서 강연회 때 같이 하게 된 작가님의 처가기도 해서 정이 간다. 가끔 들릴 때 사모님이 계시는 날이면 꼭 파전 하나를 서비스로 구워줘서 몸 둘 바를 모르기도 한다.

딸과 함께 가면 귀한 손님이라 하나 구워주고 자주 서비스를 많이 줘서 미안하기도 했다. 오랜만에 남편과 국수가 먹고 싶어서 들르면 오랜만에 왔다고 국수 두 그릇 값보다 더 비싼 파전을 대접받을 때면 정말 미안하다. 다음에 또 오기가 부끄러운 마음이 들만큼이다. 과한 친절은 때로 부담이 되기도 한다. 순두부도 맛있지만 열무국수가 맛있는 그 집이 생각난다.

오늘 점심 메뉴는 고를 것도 없는 해물 순두부를 여지없이 선택했다. 다른 테이블에 3명의 관광객 가족이 순두부를 먹고 있었다. 제주에서의 첫 외식이다. 멸치볶음, 어묵, 콩나물, 김치 등이 나왔는데 순두부에는 생달걀이 같이 나왔다. 뜨끈한 국물 위에 터트리기는 했는데 '아, 이게 아닌데.' 하는 생각애 들었는데 그 생각과 맛이 일치했다. 밥도 고슬고슬 한 밥이 아닌 조밥이면서 질척했다. 배고픈 터라 그래도 맛있게 먹어줬다. 점심 이후에 날이 급격히 흐려지면서 비가 오려한다. 아직 1.4km남은 화순 금모래 해변까지 들렸다가 가기로 맘먹고 빠른 걸음으로 재촉하는데 먼 바다 빛이 내려앉은 풍광을 담아보기도 하며 도착했다.

갈매기 떼 잔뜩 앉은 곳까지 모래사장을 거닐며 걷다가 뒤돌아 내 발자국을 바라보았다. 비뚤비뚤 팔자걸음을 걸은 표시가 났다 어색한 발걸음이지만 이 걸음으로 육십을 살아왔다. 곧은길로만 걷는 인생은 아니다. 사진도 찍고 파도와 어울려 제주에서의 혼자 일상을 채워가고 있을 때 전화가 울린다. 안덕 집주인이다. 어제 도착하자마자 따뜻하고 깔끔한 집을 제공해줘서 고맙다는 인사를 문자로 보냈는데 전화가 왔다.

오전에 들리시겠다더니 늦었다며, 필요한 건 없는지 물어본다. 조심스럽게 빨래 건조대 하나가 필요하다고 했는데 가져와 기다리신단다. 걸어서 와야 하는 시간이 너무 오래 걸린다. 다음에 만나기로 하고 문안에 넣어 달라고 했다. 출사를 위해 기장 앞바다도 가보고 진해 바다도 가보았지만, 오늘과는 사뭇 다른 느낌이 온다. 혼자라 그런 걸까? 왜일까? 여태 살아오면서 남편과 함께 강원도를 갔지만, 바닷가에 머물며 나 잡아 봐라. 이런 유치한 밑그림 한번 그리지 않던 일이 떠오른다.

눈앞에 산방산이 거대하게 자리 잡고 있었다. 지난해 남편과 함께 둘이서 들렸던 산방산과는 또 다른 거대함이 보였다.

이제 뒤돌아 숙소까지 걸어갈 시간을 재어 보며 파도가 밀려와 빠져나가는 자연현상을 연속으로 죄였다 풀기를 반복하며, 수십 컷 담고 해변을 걸어 나왔다. 보고 싶으면 또 와야지 하곤 길을 재촉했다. 돌아오는 발걸음은 무거웠다.

오랜만에 10km 이상을 걸어서 그런 것 같았다. 걸어오며 내일 날씨를 검색해봤는데 비가 오고 흐리단다. 모처럼 선생님 없이 혼자 찍은 사진이 꽤 많다. 어떻게 담아야 하는지 결정하는 것보다 그냥 마음 가는 데로 담았다. 성 박물관을 지나 월마트를 만났다. 집에서 챙겨 오지 못한 일회용 비닐장갑과 휴대용 티슈와 떡국을 샀다. 집이 아닌 곳에서 명절을 보내는 기분 처음 느낀 것은 아니지만 북정동에서 혼자 보냈던 설날과 추석이 떠올랐다.

시집가서 생전 처음 해봤던 제사 음식들, 시아버지가 맏이여서 형제자매가 많았던 시댁 식구들이다. 20년간이란 긴 세월을 해마다 한복을 입고 온 정성을 다해서 조상을 모셨지만 내게 돌아온 건 이혼과 이별이 주는 아픔이었다.

이번 제주도에서는 또 어떤 이변이 도사리고 있는지, 사뭇 걱정되긴 해도 몸은 편해진 명절이다. 13년을 두 번째 남편과 살았지만 크게 명절을 기다리지 않았다. 시누이가 살았을 땐 제사 음식 일체를 했었다. 둘째 며느리인 나는 크게 신경을 쓰지 않았다. 못한다는 말이 쉽게 나오던 일들이다.

친정과 거리가 멀어지기 전에 명절이면 남편이 가장 먼저 신경 쓰던 일이다. 친정 먼저 다녀와서 시댁을 갔었다. 용돈과 제사 비용만 드리면 되는 일이었다.

점심시간 전에 사진을 찍고 있을 때 남편에게서 전화가 왔었다. 시어머니를 바꿔주셨다. 상냥한 목소리로 아무 일 없는 듯이 인사드렸다. 제주도 살며 사진 찍고 공부 좀 하려고 왔다며 뻥쳤다. 마음을 읽었는지 안심하시는 목소리가 들려 왔다. 한참을 걸어서 편의점을 지나 집에 도착했다.

문을 여는 순간에 눈에 들어온 것은 파란 봉지에 든 밀감이었다. 주인의 배려였다. 월마트에서 사올까 망설였는데 안 사길 잘했다. 빨래 건조대와 밥상 하나가 계약서와 밀감과 함께 놓여 있었다.

사진을 찍어 감사의 마음을 전했다. 제주에서 긴 시간 첫 외출에 땀이 흠뻑 젖었다. 동여매고 나갔던 탓이었다. 온수에 샤워하고 사진기 배터리를 충전하고, 오늘 찍은 사진을 저장한다. 사진 속에 일월 실습 때 찍어준 아이들의 얼굴이 올라온다. 정겨운 얼굴들 저장해 뒀다. 저녁은 어제 해놓은 하얀 쌀밥을 김치와 맛있게 먹었다.

친구들과 연락을 했다. 첫날은 잘 지냈는지 궁금하기도 하다며, 나를 잘 아는 친구는 염려도 했다. 복이 언니에게서 전화가 왔다. 가끔은 사주 철학을 말해서 황당하기도 하지만, 가장 나를 염려하는 언니다. 운명이 있다면 꼭 운명처럼 살아갈 거라고 대답했다. 이것이 또한 이별을 예고하는 일일지라도 꿋꿋이 살 거라는 말을 하며 남편에게 문자를 보냈다.

마음이 움직이는 대로 하고 살기로 했으니까 '여보, 저녁은 드셨나요? 오늘 10킬로미터 좀 넘게 걸었더니 조금 피곤하네요. 생강차와 적색양파와인 잘 챙겨 드세요.'라고 보낸 문자 답변은 "저녁 먹었어요. 너무 무리하지 말고~~" 의례적 인사 같지만, 왠지 다시 답하고 싶지 않았다.

500장 이상 찍은 사진을 정리하고 선생님께 메일을 보내고 늦은 시간이지만 따스한 보금자리가 있어 나름 혼자 첫날은 이렇게 마무리했다.

돌아오는 발걸음은

제주도에서 한 달 살기를 마무리하는 날이다. 1984년 1월 12일 결혼식 그때 신혼 여행지로 가장 뜨겁게 떠올랐던 이곳이다. 결혼 비용 전액 450만 원으로 오남매의 맏며느리로 시집갔었다. 꽃 같은 나이 25세에 가난이 몸서리치던 그때였다. 신혼여행을 제주도로 다녀왔다면 아마 밥 꽤 먹고 살만한 집이었다고 생각한다.

난 감히 꿈도 꿔보지 못했던 제주도이었기에 지난 추억을 떠올리게 된다. 신혼여행을 어디로 가겠느냐는 질문도 없었다. 그땐 해운대도 신혼여행지로 괜찮았던 때라 마산에서 결혼식을 올리고 부산 친구가 신혼여행 떠나는 차로 함께 내려왔던 기억이 난다. 상상 속에 겨울 바다가 멋있다. 1월의 해운대 바다, 모직 코트가 바람에 휘날리는 강한 바람, 겨울도 한겨울이었다.

바닷바람에 휘날린 머릿결 일그러진 신혼여행 사진도 10장 미만이었다. 한 달 간 살면서 여기저기에 추억을 남겼다. 28일 동안 카메라가 아니었으면 혼자 살기 지겨웠을지도 모르지만 내 친구가 되어준 카메라였다.

꿈에 그리던 제주다. 남편과 아이들과 한 번도 와보지 못했던 제주다. 이혼하던 그해 혼자 훌쩍 4박 5일 떠나왔던 기억이 난다.   중문과 한림공원 성산일출봉 그땐 유명한 곳만 찾아다녔다. 여미지 식물원에서도 반나절을 보냈던 기억이 난다. 이후 재혼한 남편과 두번을 왔던 곳이다. 치킨 경남지사를 할 때다.

지사장들끼리 모였는데 부부동반으로 오기도 했다. 그땐 천지연 폭포 등등 가는 곳마다 중국인들의 대화 소리가 시끌벅적했던 때였다. 이번 제주도 한 달 살기는 나에겐 인생의 전환점이 되는 순간이기도 하다. 둘이면서 혼자인 시간을 가져 보았다. 많은 것을 깨닫기도 했다.

나오면 개고생이다.

혼자 사는 건 사는 것이 아니다.

싸워도 둘일 때가 낫다.

미워하기보다는 사랑하면서 살자.

이 모든 것이 내 탓이라.

내려놓는 마음을 가지고 제주를 떠나련다.

제주도로 떠나오던 날이 생각난다. 누구도 위로가 될 수 없었던 날들, 졸혼의 고비에서 갈등하던 시간을 가슴에 안고, 쉽게 지워지지 않던 남편의 얼굴, 무심했던 시간, 혼자만의 날갯짓이 못내 눈엣가시였던 시간이 점점 혼자라는 시간과 희석이 되어갔던 시간 속에 나를 흩어 놓았다.

바람이 심하게 불던 2월에 제주로 계획 없이 떠나와 원룸에서 지냈던 시간이 많았다. 누구와도 대화하지 않았던, 오로지 묵언수행 중이었던 시간과 자신과 싸움에서 이겼다. 잘 견뎠다고 생각하는 시간이었다. 집에서 갖고 왔던 그대로 밥통, 이불, 입고 지낼 간단한 복장들을 챙기며, 또 다시 혼자는 제주도에 올 일이 있을까 하는 생각으로 짐을 챙겨본다. 짓눌렸던 생각 이별이라는 쉽지 않은 단어들을 정리도 해보고, 한 달 동안 정들었던 원룸을 원상 복귀해 놓는다.

새벽에 배를 타야 해서 초저녁에 짐을 꾸려서 차에 넣었다. 마음은 집으로 돌아가는데 아직도 풀리지 않는 숙제는 여전했다. 생일이 며칠 전에 지나갔는데 꼭 제주를 찾아 줄 거라는 남편에 대한 기대와는 달리 마음으로 축하하는 메시지도 오지 않았던 남편은 짐보따리를 생일날에 샀단다.

시어머니집으로 가져간 짐보따리 때문에 큰방이 텅 비었을 거라는 예감이 드는데 제주와의 이별도 녹녹치 않았다. 제주도를 들어올 때 마음은 관음사에서 템플스테이 담당자를 구한다는 소식도 알고 왔지만 더 머물 수 없었던 것은 아직 끝나지 않은 석사과정이 남아있어서였다. 마지막 관문으로 논문을 써야 했던 중압감으로 개학과 동시에 학교를 나가야 했기에 집으로 돌아올 수밖에 없었다.

한달살이 중에서 가장 안타까웠던 시간도 있었다. 아이들을 키울 때 남들처럼 제주도를 한 번도 와보지 못했던 미안함도 있었다. 행복한 결혼생활이 아니었던 것이 못내 마음에 걸렸다.

혼자 해외여행을 수없이 다녔지만, 해외라는 이유로 마음에 걸려 본 적은 없었는데, 한달살이 중에 가장 마음에 걸린 것은 딸과 며칠 보내지 못한 일이었다. 오라고 했지만, 아이를 데리고 혼자 오는 건 상상을 할 수 없는 딸이라 또 다른 날 기회가 올 것이라 생각하기로 했다.

막상 떠나오려니 가보지 못했던 가파도가 맘에 걸린다. 다음을 기약해본다.

이중섭미술관에서 느꼈던 위대한 사랑의 힘, 건강박물관에서 성에 관한 상식들, 내 상식으로는 이해 불가한 성문화를 하루 동안 배우고 익히며 눈과 머리로 일치시켜보았던 일들이 떠오른다.

현실에서 남편과 얼마나 잘 지키며 살아갈 수 있을지는 집에 와보고 남편과 부대끼며 살아봐야 안다고 생각했다. 돌아오는 발걸음은 결코 가벼울 수 없었다. 현실에 부딪히다 보면 또 금전과의 전쟁도 있을 것이고, 용서하고 이해하더라도 남은 찌꺼기들을 지울 수 있을까 하는 부담도 있었다.

집으로 오는 날, 남편은 부재중이었다. 광주 모 교수님 집으로 행사차 떠났던 때라 사흘 만에 얼굴을 볼 수 있었다. 제주는 한 달 살기가 적당한 동네다. 섬이라는 특성상 차로 마음대로 오갈 수 없는 곳이라 답답하기도 했다. 사면이 바다로 둘러싸여 아름다운 경치를 지녔으나 끝까지 눌러살고 싶은 생각은 없었다. 시계방향으로 돌아도 바다, 반시계방향으로 돌아도 바다, 한라산을 가운데 두고 사면이 바다여서 단조롭기도 한 제주살이었다.

한 달 동안 환상의 섬 제주를 마음껏 누비고 다녀보고 오름도 올라보며, 주남 집과는 다른 생활에 익숙해졌지만 그래도 내가 사는 주남이 낫다는 생각은 버릴 수가 없었다. 한 달 살고 귀향하는 나를 보고 부럽다. 어떻게 그런 용기가 있었냐? 여유로운 마음으로 다녀온 줄 아는 친구들과 지인들이지만 나의 내면은 복잡하고 번뇌가 일어났던 시기였다.

나와의 싸움 혼자되는 연습을 이행해본 시간이었다. 주남 집에서 살고 있으나 제주에서 생활하고 있으나 경제적 비용은 비슷했다. 혼자 원룸 생활이 지겹기는 했으나 때론 혼자이기 때문에 고독한 생활도 즐겨 보았다. 45만 원의 원룸 비용 전기세 4만원 부동산 소개비 5만원 완도 왕복 차와 뱃삯 38만 원 한 달 내내 타고 다닌 주유비, 입장료, 등 혼자 장보기 등등 일백오십만 원이 채

들지 않는 비용으로 체험해 본 제주 한 달 살이었다.

햇살 좋은 제주행, 아름다운 일만 있었던 것은 아니었지만, 돌아오는 발걸음은 그래도 떠날 때보다 가벼웠다. 경험이라는 대단한 용기와 인내로 힘든 상황을 잘 견딜 수 있지 않을까 하는 마음으로 돌아왔다.

3월이 되고 떠날 때 미운 감정은 접어둔 채로 서로서로 간섭하지 않은 채 무늬만 부부로 한 지붕 아래 두 마음으로 살고 있었다. 돌아와서 큰방을 둘러보는데 옷가지 몇 가지와 책상 위에 보이는 물건들이 휑하니 정리된 남편의 방이 보였다.

아무런 말도 하지 않은 채 시간을 흘러갔다. 살다 보니 떠나보낸 옷가지들과 필요한 물품들이 불편한지 며칠 되지 않아서 시어머니집에 갖다 놓은 짐 보따리는 사무실 바닥에다 되레 갖다 놓았다. 서서히 익숙해져 간다. 말없이 언제가 될지는 모르지만, 서로의 벽도 허물지 않은 채 시간은 흘러만 갔다.

제주에서 돌아오면 꼭 집을 나갈 것 같았던 남편도 말이 없었다. 달라진 건 아무것도 없고 서로에게 애착을 보이지 않는 자유로움만 남아있었지만, 은근히 침묵 속에 구속이 이어지고 있었다. 제주도에 있을 때 한 번도 와보지 않은 마음이 무엇이었는지 물어보지도 않았다. 지금까지도 그대로 제주에서 한달살이를 하고 온 마누라를 관용으로 베푼 것으로 생각하고 있는 것 같다.

많은 생각이 오갔고 이대로 끝이 보이지 않는다고 해도 함께하고 있는 시간만큼 서로를 불편하게 하지 않겠다는 일념으로 살고 있다. 제주도 일년 중에 2월은 가장 바람 많이 불고 좋지 않은 달이다. 내 경험으로 한달살이 할 많은 사람들에게 말해주고 싶다.

2월만 아니면 어느 때를 떠나던 좋을 것 같다. 사진을 좋아하고 사진을 사랑하며, 평생을 제주에서 살며 자연을 담다 일생을 마감한 김영갑 갤러리를 돌아보며, 사진을 찍는 마음과 사진을 사랑하는 이유를 알게 되었다. 그는 오직 제주도만을 사랑했음을 알게 되었다.

젊은 나이에 생을 마감했지만, 세상을 떠난 뒤 이름이 더 알려지게 된 김영갑 갤러리 그의 혼이 담기 작품과 정신세계를 엿보며 많은 것을 얻었다. 누가 알아주지 않는 삶이라도 매 순간 최선을 다하고 살아야 하겠다. 사랑해서 결혼하고 그 마음이 식어서 졸혼이라는 명제를 두고 고민도 해보았지만, 이 또한 지나가면 언제 그러했냐는 듯이 웃을 날이 올 거라고 믿어 보련다.

삶이 오르막보다 내리막이 더 힘들다는 것을 알게 된다. 햇살 좋은 제 주행은 아니었지만 바람 많고 굳은 날이 많아도 그 시간이 지나고 나면 봄도 올 것이다. 여름도 올 거라는 믿음으로 영원히 먹구름 끼이고 비 오는 날만 있지는 않을 거라고 믿으면서 이별의 순간이 오는 그날까지라도 하루하루 최선을 다하는 내가 되길 바라며…….

여보, 아침은 드셨나요?

2월 8일 하루는 날씨가 추워서 꼼짝 않고 집에서 시간을 보냈다. 저녁 무렵 집 밖을 나가 보았다. 집주변에도 다닐만한 올레길이 있었다. 몇 킬로를 가지 않아 어두웠다. 더는 길을 간다는 것도 무서운 생각이 들어 뒤돌아 왔다. 길 건너 비어 집이 한가로워 보였다. 화려한 색채로 벽화가 그려져 발길을 멈추게 했다. 가게 안에는 세 사람 정도가 술을 마시는 길을 가본다.

하늘색이 파란 저녁 햇살 빛이 죽은 지 조금 전이지만 ISO를 높이기 전에는 셔터 속도가 나오지 않았다. 몇 컷 당겨서 찍어보았다. 천천히 발걸음을 옮겨서 그런지 집을 나온 지 두 시간이 금방 지나갔다. 낮부터 오랜 시간 에너지 소비를 하지 않고, 뒹굴뒹굴해서 그런지 쉽게 잠이 들지 않아서 캡스를 몇 번이나 열어보았다. 병인 것은 아닌지 미련을 버리지 못하는 마음인지 분간이 가지 않았다. 한시 두 시 새벽까지 열어보며 애달파 하다가 늦은 시간에 잠이

들었다. 잠들기 전에 문자를 보냈다. 앞날 온종일 바라본 캡스 때문에 "여보, 집 나오기 전에 자바라를 닫는 건 어때요? 길갓집이라 늦은 시간까지 문이 열려있으면 휑하여 보기 싫다."라는 문자를 넣었는데 새벽에 전화가 왔다. 몇 시냐고 물었다.

새벽 한 시라고 말했다. 내일 아침에 통화하자는 말만 남기고 잠들었는데 아침에 전화가 왔다. 다른 날과는 다르게 다정한 목소리였다.

"아침은 먹었어요? 난 아직인데 당신은 어때요?" 그러자 이제 일어났다며 어제 한 이야기를 했다. 이제 나가면 닫고 나갈 거라고 했다. 잘 알려준 것 같다. 나 자신에게 포기하는 마음이 들도록 했던 것 같다. 이미 집을 나와서 생활하는 내가 집을 연연하게 되어 싫었다. 다른 날과 같이 아침을 좀 늦게 먹고 집을 나서 보기로 했다. 미리 알아 놓은 곳 이중섭미술관과 오설록에 가보기로 생각했다.

미역국 끓여 놓은 것과 땡고추(매운 고추) 간장에 생김을 놓고 밥을 먹는다. 김 내음이 배여와 너무 향긋한 맛이 입안에 맴돌았다. 땡고추 간장 하면 옛일이 떠오른다.

보광사에 있을 때 공덕 행보살님이 공양간에 있을 때다. 부산 사람이라 큰 버팀목처럼 여겨질 때였다. 사찰음식은 채소 반찬이 위주고 혹시 산신각에 미역이나 김을 보시하면 가끔 먹을 수 있는 김이다. 그냥 구운 김보다는 생김이 입맛에 맞았다. 아주 매운 고추를 잘 드시지 못하는 스님들이라 땡고추가 귀했지만, 부식을 사러 갈 때면 아주 매운 고추를 부탁했다.

공양간에 들어서며 "보살님, 땡고추, 간장!" 하고 소리 지르는 사람은 나였다. 빙긋이 웃으시며 항상 "문둥아, 알았다." 하시던 그 음성 들리는 듯한 아침이었다. 집에서 가져온 생강차 한잔을 따뜻하게 먹고 오늘 날씨를 검색해본다. 춥단다. 다른 날보다 따시게 옷을 입었다.

　하얀색 바람막이를 입고 긴 하얀색 봄 티셔츠를 안에 입었다. 몽골에서 사온 모자는 요즈음 제주 생활에 잘 이용하고 있다. 머리를 감지 않아도 쓰고 귀찮을 때도 쓴다. 스포츠용 부츠도 편하게 즐겨 신는다. 이중섭 거리까지 30여 분을 갔다. 매일 지나다니는 서귀포 중문을 지났다. 이중섭미술관 주차장에 주차할 곳이 없다. 이렇게 사람들이 많이 왔다. 역시 제주도는 관광지이다. 봄이 빠르게 찾아온 이곳 홍매화와 자목련도 피었다. 먼저 이중섭 생가에 들렸다. 이중섭 화가가 살았던 곳을 들여다보았다.

　이순복 할머니가 살고 계신 곳이라며 함부로 문을 열지 말라는 내용이 적혀 있었다. 쪽마루에 웅크리고 앉은 할머니께

　"안녕하세요!"

　하고 인사드렸지만, 귀가 어두운지 아무 말씀 없이 다른 곳으로 이동하셨다. 할머니 모습을 바라보며 이중섭 거리로 가본다. 옛 거리와 비슷하다. 제주에서만 볼 수 있는 풍경이 아닌 보편적인 모습으로 장터가 도로 양옆으로 즐비하게 늘어서 있었다. 제주 올레 시장 매일 열린다는 장터까지 걸었다. 제주라 천혜향이 많이 보였다. 눈에 들어오는 것은 예나 지금이나 모자 집이 눈에 띈다. 내려오다 중간쯤에 50% 할인 판매라는 모자 집에 들렀지만, 물건은 모두 중국산이 전부이고 가격은 50%만큼 더 올려놓은 것 같은 느낌이 들었다.

　골목 사진 몇 컷을 찍고 이중섭미술관을 들렀다. 사람들이 많이 붐볐다. 입장료 어른 1,500원을 카드로 결제하고 미술관 내부를 둘러보는데 옆 팀에서 해설사를 부른 모양이다. 제주 말을 가끔 쓰는 해설사의 해설을 귀 기울여 듣는다. 이중섭의 발자취를 꼼꼼하게 이야기했다. 이중섭 아고라 상(턱이 길다)이라고 아내가 붙여준 별칭이라고 했다.

그는 아내를 아스파라곤상(발가락이 이쁜 여인)이라고 불렀다 한다. 살아생전 피카소 그림을 좋아했다는 이중섭 그림을 하나하나 세밀히 관람했다. 소와 어린이, 게, 등이 주소재로 그려졌다. 아내를 향한 손편지 속의 엽서화가 많았다. 그림의 80%가 엽서화란다. 이곳에 오기 전에는 이중섭에 대하여 깊이 생각해 본 적이 없었는데 해설사의 이야기를 듣고 애절한 편지 내용을 살펴보았다. 젊은 나이에 힘차게 살아간 그는 뼛속까지 화가의 기질을 타고났음을 인식 할 수 있었다.

1916년 탄생 56년까지 살아 40년을 그림만 그린 그분을 접하면서 그의 용기와 불굴의 의지를 보았다. 3층까지 미술관을 관람하고 옥상에서 바다를 내려다보며 사진 몇 장을 담아보았다.

계단을 걸어서 내려오며 유난히 소그림에 관심이 갔다. 다시금 이중섭의 내면세계를 들여다보기 위해 화보를 구매했다. 3,000권 한정판이었다는 화보 한 권을 구매하고 미술관을 나왔다. 내려오며 해설사의 이야기를 들으며 내려왔던 이중섭 생가에서 사는 송태주 이중섭 친구의 아내 이순복 할머니를 다시 한 번 떠올려보았다. 붉은 소의 그림 앞에 사진을 한 장 찍지 못한 아쉬움을 남기며 오설록에 가기 위해 차에 올랐다.

중문 쪽 바닷가를 가기로 마음먹었다. 한참을 오다 보니 백년초박물관이 보였다. 차를 돌렸다. 관람료는 5천 원이었다. 발길을 돌려나오는데 주인으로 보이는 아저씨가 손에 장갑을 끼고 가위를 든 채 둘러보고 가라는 것이었다. 차에 둔 카메라는 다시 꺼내어 아저씨의 안내에 따라 백년초 구경을 해본다. 대단하다. 선조 때부터 관리했다는 사장님 300년 된 백년초도 있고 200년짜리 백 년짜리를 차례로 보여준다.

4월이 되어야 꽃이 핀다는 말씀과 함께 인터넷에 올려둔 사진을 보여주며,

봄이면 백년초 몸통을 보기가 어려울 만큼 꽃이 장관이란다. 수입해서 온 선인장과 비교를 해주며 열성으로 안내하시는 아저씨를 따라 백년초밭을 둘러보았다. 곳곳에 희귀한 돌멩이들과 오래된 맷돌 항아리 등을 가져다 놓았다.

옛 선조들이 쓰던 물건이라고 하는데 진심이 느껴지지 않는 것은 왜일까? 내 안에 불신이 있기 때문일까? 아저씨의 목소리에 느낌이랄까? 왠지 다듬지 않고 자연 속에 내버려 둔 느낌이 들어서인지 확신이 들지 않았다.

제주에서 가장 흔한 돌, 검은 화석에 붙여놓은 풍란들이 너무 많았다. 일반적이지는 않지만, 아직 꽃 없는 난이라 그런지 좋다는 느낌보다 희귀하다는 생각이 들었다. 한참 동안 설명을 듣고 일 층에 꾸며진 찻집으로 들어왔다. 백년초 박물관이라는 느낌보다 그냥 판매점이라는 느낌이 강하게 머릿속을 맴돈다.

지하층에 꾸며놓은 연구실이라는 곳은 밖에서만 바라보았다. 관람료 5천 원은 덤이고 백년초 차 한 잔 값이라고 말씀하시는 사장님의 말씀이 맞는 것 같았다. 백년초 가루로 만든 차향이 없었지만, 먹성은 좋았다. 매끄럽게 넘어가는 차 맛이 부드럽고 무향이라 좋았다.

또 다른 차에는 꿀맛이 조금 났는데, 백년초 차가 백 가지 맛을 낸다고 설명하시는 사장님 말씀을 그냥 흘려들었다. 백년초가 마치 만병통치약인 것처럼 말씀하신다. 당뇨, 통풍, 관절은 말할 것도 없고, 혈압이 높은 고혈압까지 치료해준다고 한다. 한 통에 16만 원인데 2통이면 감쪽같이 낫는다는 말에 남편 생각이 났다.

열심히 먹고 있는 당뇨약이지만 시간이 갈수록 배만 나오는 남편 생각에 사다 줄까 하는 마음이 앞선다. 효능에 대하여 좀 더 알아보고 만약에 그렇다면 다른 전문가들의 의견도 있을 거라는 생각이 진했다. 차 한 잔을 맛있게 마시고 아저씨와 인사를 나누고 나왔다. 블로그에 많이 올려 달라는 말도 하신 다.

다시 오설록을 내비게이터에 맞추니 23km를 더 가야 한다고 나온다. 바람이 불고 한라산엔 구름이 걸려있다. 눈이 내렸나 보다. 밤사이에 내린 눈이 한라산에 하얗게 보였다. 오설록은 2007년 사찰에서 내려온 그해에 와본 곳이다. 기억에 남아있는 오설록은 전면에 보이는 것뿐이다. 전시장 내부를 둘러보았다.

토요일이기도 하지만 날씨가 추워서인지 오설록에는 발길에 부딪 쳐서 다닐 수 없을 만큼 사람이 많았다. 차 향기를 맡으며 찻집을 나와 향수 비누 등을 만드는 체험실도 들러보았다. 오래 머물고 싶은 생각이 없었다. 녹차 밭의 겨울을 체험해본다. 길게 늘어선 녹차 밭 제주 바람의 찬 맛을 느끼며 햇살이 좋지 않았지만 몇 컷 남겨본다.

이제 언제 올지 모를 일이다. 오설록 옆에 우주 항공사 박물관도 있었다. 날씨 관계로 다음을 약속하며 집으로 고고싱한다. 제주에서 며칠을 사진으로 담고 걷기도 하고, 온종일 집안에도 있어 보며 나를 발견한다. 내가 하고 싶고 마음이 움직이는 대로 할 거라는 생각으로 살고 있다. 오늘은 날씨가 상당히 추웠다. 꽁꽁 싸매고 나갔는데도 집 생각이 간절했다는 것은 추위 때문이었다. 아점을 먹고 나갔기에 집으로 오는 내내 빨리 밥을 먹고 싶다는 생각뿐이었다. 방에 오자마자 물을 데웠다. 따끈한 생강차 한잔을 놓고 보니 라면이 먹고 싶어졌다. 일년에 몇 번 먹지 않는 라면이지만 며칠 전 두 개를 사다 놨다.

약간 고슬고슬하게 익은 라면과 쌀밥 한술을 넣고 뜨끈하게 저녁을 먹었다. 배가 고팠던 터라 그런지 밥을 먹자마자 졸음이 몰려왔다. 전기장판의 온도를 4도 올리고 따뜻하게 한숨 잤다. 씻지도 않고 잤다. 그러다 장판이 뜨거워 일어났다. 그 사이 문자들이 많이 와 있었다.

순덕이는 목이 아파 입원을 해야 할 것 같다는 내용과 희야는 뭐하냐는 문자에 정숙이는 에니어그램을 마치고 저녁 먹고 멍하니 앉아 언니 안부를 묻는다는 말 등. 이 많은 문자에 답하고 있는데 순덕이에게서 전화가 왔다. 제주에 오고 나서 가장 관심을 가지는 순덕이다. 왜 그런지 마음이 쓰인다는 친구다. 그냥 그러려니 봐줘도 되는데 유독 나에게 신경을 쓴다.

이젠 아프지 말아야 한다. 혼자라도 꿋꿋이 잘 할 수 있다고 위로를 하는 친구, 선생님 그리고 사랑하는 내 주변 모든 사람의 기대에 어긋나지 않게 살아야 하지 않을까 싶다.

작품을 담고 사진을 배우고 글을 쓰고 이 모든 것이 홀로서기에 힘이 되는 일이기에 오늘도 난 이 글을 쓴다. 컴퓨터 커서가 마음대로 움직이는 난관에도 몇 시간에 걸쳐서 8일, 9일을 회상해본다.

제주의 2월 같은 4월의 봄

어느덧 제주 한 달 살기를 다녀온 지 일 년 하고 2개월이 지났다. 제주의 2월은 바람 많고 흐린 날이 많았는데 올해 4월과 별반 다를 것 없는 날이라 생각한다. 봄이 가져다주는 아름다움에 취할 수 없는 요즈음이다. 코로나 19로 힘들게 하루를 살아가는 시간이다. 당장 사회적 거리를 두지 않아도 좋은 환경에서 살고 있지만 다들 힘들다고 뉴스에 나오고 있음으로 함께 힘든 상황이 되고 있다.

제주 유채꽃 몇십만 평을 갈아엎었다는 소식과 신안군의 튤립이 꺾어지는 모습이 방송되는 날은 우울했다. 4월 셋째 주 토요일 오늘은 여러 군데 약속이 있는 날이다. 달력에 계획표가 기록되어 있었다. 간밤에 인기 드라마를 보고 잔 덕분에 늦게 잠에서 깨어났다.

사회복지학과 석사과정을 마친 이유로 건강가정사 2급 자격증에 도진하자는 동생 때문에 함께 서울 사이버평생교육원에 등록하여 수강을 시작한 지 4주 차가 되었다. 금요일 어젠 온종일 비가 내린 이유로 인터넷 수업만 했다. 시간이 점점 지겨워지기도 한다. 혼자 노는 시간에 익숙 되어있지만, 어제는 아주 심심해서 냉장고를 뒤져 보았다.

언제부터 냉동실에 있었던지 엿기름 한 봉지가 나왔다. 십수년 동안 한 번도 만들어 보지 않았던 식혜를 만들어본다. 찹쌀 고두밥을 해서 밥통에 안쳤다. 드라마를 보고 잠자리에 들기 전에 한 번 들여다보았다. 반쯤 밥알이 동동 뜨기 시작했다 내일 아침에 끓이면 딱 알맞을 것 같았다.

출사가 있는 날이라고 생각해서인지 눈이 일찍 떠졌다. 밥통을 들여다보니 온통 밥알이 떠 있다. 가라앉혀 놓았던 엿기름 물을 넣고 끓였다. 설탕도 조금 가미했다. 당뇨가 있는 남편을 위하여 적당량만 넣었다. 전혀 설탕 맛이 안 났다. 밥보다 먼저 뜨끈한 식혜를 한 그릇 떠다줬다. 이 사람을 만난 후 처음 있는 일인 듯했다. 14년도 넘었나 보다. 이런 것도 할 줄 아느냐고 묻는 남편에게 약간 미안한 맘이 앞섰다.

여름에 식혜를 만들어 냉장고에 두고 먹었더라면 음료수보다는 좋았을 건데, 하는 마음이었다. 출사 시간은 오후 한 시였다. 남편이 나보다 먼저 약속이 있었나 보다. 오전 내내 부부의 세계 재방송으로 오전 시간을 채우고 출사 준비를 했다.

치킨 사업을 하다가 그만둔 이후로 꾸준히 지속하는 일거리는 없었다. 학교에 다니는 것이 전부였는데 맹탕 놀기만 하는지가 벌써 십여 개월이 되어간다. 명서동에 있던 건물을 팔아서 가술리 창고를 짓기까지 긴 시간이 걸렸지만, 임대사업으로 잘 꾸려나가고 있었는데, 코로나19 여파로 힘든 사업자가 늘고 그로 인해 우리도 손해를 입기 직전이다. 4년을 임대 계약했지만 2년 6

개월 만에 나가겠다고 한다.

늘 노심초사 염려해온 바다. 신나는 일이 없고 점점 몸도 마음도 힘들면서 글 쓰는 것도 쉽게 손에 잡히지 않았다. 사진 공부를 해온 지도 4년 차에 접어들었지만, 요즈음같이 마음이 닫혀 버린 적도 없었는데 힘이 들었다.

중급반 정기출사 밀양 위양지로 향한다. 1시쯤 선생님과의 약속으로 나섰다. 코로나19로 집안에만 있던 사람들의 몸부림인지 위양지 진출입로가 차로 빼곡히 들어차 있었다. 주차장도 만차였다. 연둣빛 잎사귀가 온통 위양지를 덮고 있었다. 산의 전경이 위양지에 푹 빠져 있고 데칼코마니같이 그림 같은 풍경도 담아보았다. 제주에서 유채꽃을 담았던 그 시간을 떠올려보았다.

사진기가 있어 벗이 되긴 했어도 혼자 시간을 보낸다는 것은 외로운 일이었다. 중급반 모두 모이기가 어려운 시점이지만 오늘은 여성 수강생만 출사했다. 위양지의 물 일렁임과 하늘로 쭉쭉 뻗은 나뭇잎도 찍어보고, 반영으로 비치는 저수지를 걷는 사람들도 담아보았다. 낚시꾼도 나와 있고 아이들도 물수제비를 뜨며 놀고 있었다.

내가 태어난 내 고향이 밀양이지만 작년에 오고 올해는 첨이었다. 이팝나무 꽃이 피면 진사들이 많이 붐비는 곳이기도 하다.

오늘은 많은 인파가 줄줄이 위양 지를 돌고 있다. 사회적 거리를 유지하며, 작년에 찍어본 보리 올해도 어김없이 피었다. 보리밭에 오면 옛 생각이 난다. 중학교 시절 학교 옆 넓은 들판엔 온통 보리밭이다. 보리 베기 전에 보리 팥에 밀애를 즐겼다는 동네 주민들의 신고로 죽도록 두들겨 맞았던 친구가 생각났다. 초등학교 졸업하고 육성회비 6,350원이 없어서 중학교를 한해 늦게 가게 된 난 일학년 때부터 부반장을 맡았다.

3학년 때 담임 이*동 선생님은 키가 엄청 컸다. 체격도 좋은 편인데다가 좀 무섭게 생기셨다. 눈초리도 올라갔던 선생님, 내가 잘못해서 단독으로 벌써는 일은 없었지만, 단체 벌은 많이 받았던 것으로 생각된다. 지금 생각해보면 그때 선생님들께서는 폭력도 자주 했던 것 같다.

체육 시간에는 가방 조사를 자주 했었다. 남녀 공학이라 편지, 쪽지, 등이 나오는 친구는 그날로 죽음이었다. 동창회 있는 날이면 자주 그때 일들을 떠올리곤 한다. 무식하게 때리던 선생님 앞에서 한마디 변명도 못 하고 받아들여야 했던 어린 학생들이 우리였다. 오늘 보리밭을 출사하다가 선생님께서 우스갯소리도 하셨다. 보리밭 하면 생각나는 일 없냐고?

보리밭은 모르겠고, 보릿대 더미의 추억이 있는 나라고 말했다. 고등학교 졸업과 동시에 시골로 도망치듯 달아난 나였다. 첫 남편과의 연애 시절 편지를 나에게 보내다가 답장이 제대로 오지 않자 찾아온 어느 날 까마득한 후배가 쪽지 한 장을 가져다 줬다. 어떤 아저씨가 주더라는 것이었다. 보리타작이 끝난 날 어둠이 오기 전이었지만 시골엔 버스가 끊어진 시간이었다.

그 꼴자기에는 가게조차 없어서 저녁도 먹지 않았던 나를 혹시 남이 볼까 두려워하던 때였다. 6월 보리타작 후에 갯가에 보릿대 더미를 만들어 놓은 강둑에서 날밤을 새웠던 기억을 송환해왔다. 그것이 인생 첫 실패작이었다고 해놓고 동시에 박장대소 웃음 지었다.

경험은 많은 것을 얻는다. 누군가 이혼도 스펙이라고 말하지만, 힘든 과정을 겪었기에 다시는 똑같은 잘못을 저지르지 않을 거라고 다짐해본다. 오늘 보리밭 출사에서 많은 사진을 찍어보았다.

1시에 만나서 6시까지 지속한 사진 찍기 쉽게 되는 건 아무것도 없다. 정기 출사이니만큼 저녁까지 먹고 헤어지기로 되어있다. 밀양 하면 돼지국밥이 유명하다. 밀양 상설 시장 내에 있는 국밥집을 세 번째 이용하는 것 같다. 따로

국밥, 돼지국밥, 순대국밥, 소머리국밥, 등등 있다. 전통적으로 전해오는 맛집으로 유명하다. 시장하던 차라 소머리국밥을 맛있게 먹고 헤어진다. 삼문동을 지나오면서 **치킨점에 들렀다.

지나쳐 오기가 마음에 걸린다. 우리가 지사에서 일할 때 인천에서 내려온 친척 동생이라 늘 신경이 쓰인다. 가계에 들어서는 순간 제부가 보였다. 주말이라 도와주러 왔음을 직감했다 온 가족이 함께 일하는 모습이 다복해 보였다. 어려운 시기이니만큼 가족들이 도와주지 않으면 힘든 일이기도 했다. 배달 일이 가장 힘든 장사다. 비가 오나 눈이 오나 배달을 해야 하고 바람 불어도 눈이 와도 멈출 수 없는 장사라서 더욱 신경이 쓰인다.

장삿집에 오래 머물기도 부담되지만, 동생 가게에서조금 떨어진 곳에 돼지고깃집이 개업한 관계로 조금은 한가한 시간이라 한다. 신메뉴로 나온 치킨 한 마리를 튀겨서 먹으려던 중이란다. 오랜만에 먹어 본 치킨이라 몇 조각 맛있게 먹었다. 따르릉따르릉 바쁘게 배달 주문이 들어오고 각자 맡은 일에 열심히 영업하는 동생네 가족을 뒤로하고 집으로 출발한다.

주남마을 어귀에 들어왔다. 이 층에 불이 켜져 있다. 어두운 저녁에 집으로 돌아오면 항상 먼 타국에 있는 아들이 생각난다. 초등학교 때 부부싸움으로 집을 나갔던 엄마 때문에 항상 불안한 시간을 보냈다는 아들이 이런 날이면 더욱 보고 싶다.

불안하고 초조한 마음에 손가락 물어 떼는 습관이 된 아들은 두 아이의 아버지가 되고도 여전히 그 버릇이 있다. 마음이 아프다. 나 때문인 것 같다. 구강기에 불안증이 버릇되었단다. 하교할 때 집 거실에 불만 꺼져 있으면 가슴이 두근거렸다는 아들은 지금 미국에 살고 있다. 이곳과 시차가 많이 나는 곳에 살고 있어서 시간 맞춰서 통화해 보는 일마저도 쉽지 않다.

나보다 먼저 외출했던 남편이 먼저 도착해있었다. 나도 마찬가지 내가 외출에서 돌아올 때면 불 꺼진 집이 싫다. 먼 곳에서도 주인을 먼저 알아보는 강아지가 있다. 철망에 폴짝폴짝 뛰며 매달리듯이 반겨주는 옹이다. 아침에 나갈 때 밥그릇이 비어 있었는데 바빠서 챙기지 못했다. 미안한 마음으로 밤에 밥을 주고 만져주었다. 배고픔의 설움을 경험으로 안다. 늦은 밤 남편의 저녁은 차리지 않아도 되었지만, 집나 갈 때 현관문을 제대로 닫고 다니라는 충고를 듣는다.

작년 이월, 졸혼을 이유로 한달살이를 통해 홀로서기를 할 때 보다. 굳이 말하지 않아도 누군가와 함께한 울타리에서 밥 먹고 잠자고 같이 행동할 사람이 있다는 것이 행복일 테다. 이대로 이 세상을 하직하는 그 날까지 굴곡 없는 삶을 살아갔으면 하는 바람이다.

어제 책 쓰기 사부 작가님의 책을 주문했는데 벌써 도착해있었다. 가방에 가볍게 들어갈 만한 크기의 책 펴들자마자 1장, 2장을 읽었다. 작가가 되는 길이 쉬운 길은 아니지만 쓰지 않는 삶이 후회될 것 같아서 사부님의 말씀처럼 졸혼이라는 이유로 머무르고 싶은 3번째 책을 마무리 지어볼까 한다. 제주에서의 2월이 주 남에는 4월처럼 따사로운 봄이길 기대하며……

제3장

사람 생각

엄마 생각

늦잠을 잤는데도 그 시간이면 깨어난다. 몸이 먼저 아는 시간이다. 오늘 아침은 간단하게 모닝커피 한 잔과 사과 하나 따끈한 생강차 한잔이 전부다. 문자로 날아든 안전안내 문자 "제주 산간 호우경보 산사태, 상습 침수 등 위험지역 대피 외출 자제 등 안전에 주의 바랍니다." 이런 문자가 왔다. 내가 살던 주남이면 날씨를 보고 움직일 법도 한데 오늘은 자제하고 집에서 지내기로 해 본다.

오후 시간에 해제되면 간단하게 약천사에 다녀올까 하고 마음을 먹어 본다. 명절 잘 보내라는 문자가 날아들고 오늘이 일요일이다. 집에 있었으면 아마도 오전 일찍부터 남편과 스크린 한 게임을 했을 시간이지만 혼자서 보내고 있는 시간이 다소 여유롭기는 하다. 캡스로 집 마당을 열어보았다. 이른 시간에 집에 들어와 여태 문도 열지 않고 집에 있는 거 같다. 이렇게 열어보는 내 마음도 병인 걸까 미련일까? 이제 하지 말아야지 다짐해본다.

사진밴드에서는 명절을 계기로 출사 나간 사진이 아름답게 올라오고 있다. 난 제주의 일상을 공개하지 않을 생각이다. 해외여행을 다닐 때와 다르게 제주는 집안 같은 느낌이 든다. 와이파이도 빵빵하게 터지고 전화 목소리가 옆에서 하는 것 같다.

제주도로 왔다는 이야기만 안 했으면 집이라고 해도 무방할 일들이다. 문제는 항상 내가 만들고 다닌다. 안 해도 될 이야기를 SNS를 통해 알게 하고 이제는 제주의 일상을 카카오스토리에 올리지 않겠다고 다짐하고 앉았는데, 서울 김 사장의 전화가 온다. 명절 잘 보내라는 간단한 인사와 함께 부곡에서 하룻밤을 잤다고 한다. 친구지만 왠지 오빠 같은 느낌이 든다. 나는 제주에 있다고 했다. 잘 있다가 오라하고, 고향에 오면 식사나 같이 하려고 전화했다는 말에 아쉬움이 묻어난다. 다음을 약속하며 왜 제주도는 갔냐고 묻지도 않는데, 먼저 입을 연다. 육십 인생을 살아오며 나를 돌아보는 계기가 되려고 한다고 했다. 제일 먼저 하고 싶은 일이 무엇인지 알고 싶어서 시간을 갖는다고 했는데 왠지 답변이 맞지 않는 것 같았다.

이 또한 내가 정한 답변이지만 진솔해지고 싶었다. 얼마 전부터 남편이 졸혼을 원하는데 무슨 영문인지 몰랐었다. 내가 제주도와 서 살아보니 알 것 같다. 쉬운 결정인데 그렇게 힘들게 부여잡고 있었다고 말했다.

집에 가면 꼭 이별이 아닌 졸혼이라면, 쉽게 받아들여 주겠노라고 이별이라도 운명이면 어쩔 수 없지 않으냐고 말했다.

마지막 날, 못 먹는 술까지 먹어가며 술의 힘을 빌려서 많은 눈물도 흘렸다고 고백도 했지만, 속이 시원한 답변을 얻지 못한 것이 여성스럽지 못한 나 때문에 생긴 일이라고 말했다.

마음 정리를 잘하고 추슬러서 이미 정해져 있는 일이라면 네 마음의 결정에 따르라고 한다. 강력한 처방이 있을 법한데도 정답은 없으니 알아서 하라는 말인 줄 느낌으로 알았다. 명절 잘 보내고 삼월에 만나자는 약속을 하며 전화를 끊고 한참을 멍하니 앉아 있었다. 창밖에 비는 내린다.

TV에는 집중할 수 없는 프로그램으로 나오고 있고, 밖에는 비바람이 분다. 희뿌연 안개비가 내리는 모습도 마음에만 담을 뿐, 아침을 잘 차려 먹지 않은 까닭에 점심시간을 재촉한다. 집에서 가져온 불린 떡국과 냉동고에 있는 떡국을 끓이기 위해 냉장고 문을 열다가 명절이면 가마솥에 멸치 다시물을 내어 작은 양은솥에 떡국을 끓이던 엄마를 떠올려보았다.

첫 번째 이혼을 받아들이지 않았던 엄마와 15분만 앉아 있어도 갈등을 일으키던 엄마였다. 그런데 오늘은 떡국을 끓이다 말고 엄마 생각에 잠겨보았다. 14살에 일본군 정신대에 끌려가기 싫어서 문틈으로 아버지를 한 번만 보고 결정했다는 엄마. 울 엄마는 그래도 나보다 잘살아 오신 것 같다. 농부의 아내로 4대 가문에 가난한 막내며느리지만, 맏 종부 역할을 하시며 살았던 엄마는 아버지와 81세까지 함께 살았다. 엄마 연세 76세까지 아버지를 잘 봉양하시며 우리를 잘 키워 주시지 않았던가?

엄마와 비교하면 나의 첫 결혼생활은 20년 밖에 살지 못했었다. 13년째 사는 남편과도 위기가 오지 않았는가? 명절을 앞두고 제주에서 혼자만을 위한 식사를 챙기며 엄마의 모습을 발견하고 말았다. 웅크리고 앉아 다리를 세우고 고개 숙여 밥 먹는 모습이 닮아 있다. 엄마의 모습으로 컴퓨터에 비친 나를 발견했다.

혼자 밥 드시기를 15년째 하고 계신 엄마를 연상하며, 그동안에 잘못했던 일들과 용서 받아야 할 일들이 떠오른다. 미운 오빠는 안 보면 그만이고 이제 돌아가면 엄마를 모시고 와야겠다고 생각해본다. 평소에도 자주 찾아뵈었지만, 명절 앞날이면 꼭 찾아가서 용돈은 드리지 않았는가? 돌아가시면 후회하지 않기 위해서라도 꼭 한번은 모시고 와야겠다고 오늘의 자화상을 보며 뉘우친 일이다.

아침부터 비가 잦아지길 기다리며 멸치 다시다에 떡국 넣고, 달걀을 풀고, 양파 넣고, 간단하게 점심을 먹으며 이 같은 생각을 해보았다. 숙소에 머물며 따뜻한 온도로 방을 데워놓았는데 왜 추워졌는지 이유를 알았다. 화장실 하수구 냄새가 심하여 환풍기를 틀었더니 따스한 온기를 다 뽑아 내버렸나 보다. 비닐봉지에 물을 하나 가득 채워서 묶었다. 하수구 구멍 위에 놓고 양치질을 위해서 들어가 보니 좀전에 나던 냄새가 줄어들었다. 한 달이 되기 전에 주인을 만난다면 이야기 해 주어야 하겠다.

비 오는 날 제주에서 가볼 만한 곳을 검색해보니 실내 관광지로 유명한 빛의 벙커가 있단다. 2018년 11월에 개장한 서귀포에 있는 곳이란다. 가는 시간 1시간, 오는 시간 1시간을 공제하면 너무 늦었다. 다음 비 오는 날에 가봐야겠다고 생각해보며 창 너머 희뿌연 안개 속을 바라보며 제주에서 3일 차는 비와 함께 감성에 젖어 보는 날이다.

세상이 얼마나 좋아졌는지 가만히 있어도 전국 날씨를 말해준다. 오후쯤에 제주에도 비가 그쳤다는 소식이 있어서 밖에 나가 보기로 한다. 운동복 바지에 눌러쓴 모자 보랏빛 점퍼를 입고 가볍게 나섰다. 창천초등학교 앞 건널목을 지나 한참을 걷다 보니 주민센터 문화원도 나왔다.

사람이 살지 않는 곳처럼 조용한 동네다. 저녁 무렵이라 그런지 더욱 행인들이 없는 동네다. 오르막을 오르다가 내리막길이 있어서 다시 놀아왔는데 숙소가 보인다. 사회적 경제 침체분위기 때문인지 제주 골목에도 간판을 내린 가게들이 눈에 보였는데 유난히 차가 많은 집이 보였다.

춘심이네! 제주 은갈치 집 밖에서 가게 안으로 쳐다보니 빈자리가 없을 정도로 많은 손님이 있는 것만 봐도 맛집임을 알 수 있었다. 작은 마을이지만 주변에 맛집이 두 개나 있다. 300m 반경 내에 있는 집이다. 보금자리 아래층은 보문 칼국수 집이다. 해월정이라고 치면 맛집으로 검색되는 집이지만 아직은 맛을 볼 시간이 아닌 것 같다.

어둑해지는 창천초등학교 운동장을 들어섰다. 세종대왕 조각상이 학교 운동장을 바라보며 앉아 있고 운동장벽화는 제주를 상징하는 돌하르방이 그려져 있다. 셀카봉을 세워놓고 리모컨으로 자신을 찍어 봤다. 바람이 세차게 불더니 휴대전화를 쓰러뜨린다. 운동장 모롱이에 그네가 있었다.

어린 시절에도 마음껏 타보지 못했던 그네, 명절이면 마을 어귀에 당산나무 뒤편 큰 소나무에 선배 오빠들이 매어 놓은 새끼줄을 꽈서 밧줄보다 더 튼튼한 그네를 만들기도 했다. 언덕 위로 한참을 끌고 올라가서 탓 던 그네, 구정엔 더욱 오랫동안 매어 놨던 그네, 보름이 되면 그네를 떼어 달 집 지을 때 감아서 태우던 그 시절이 생각났다. 초록색 빨간빛으로 사이좋게 늘어져 있는 그네를 한 컷 찍고 내 모습도 담아 봤다.

세종대왕 동상을 바라보며 자신을 바라본다. 어쩌다 이 명절에 여기서 이러고 있는지 의문이 일어난다. 명절이라 텅 빈 학교 연휴가 끝나면 아이들이 뛰어놀 테지, 어둑해진 거리를 걸어서 집으로 왔다. 낮에 먹은 떡국이 조금 남아 있었다. 지금은 밥 생각이 없어서 송편 4조각을 꺼냈다.

커피와 함께 혼자만의 명절 연휴를 즐겨본다. 낮에 울려대던 전화도 음식 장만하느라고 조용한가 보다. 어제 찍었던 사진들을 꺼내어 스냅시드에서 보정하여 사진 아카데미 밴드에 올려보았다. 반응이 없다. 좋아요. 몇 개가 전부이다.

TV에서는 인기 드라마가 재방송되고 있었다. 집에 있었으면, 당뇨 밥을 하느라 하얀 쌀밥은 아주 가끔 할 수 있었는데 오늘은 나를 위하여 흰 밥을 짓는다. 가져온 반찬을 정갈하게 놓고 저녁을 먹는다. 여기저기 검색하여 내일 아침에는 오늘 비 왔으니 안개가 낄 것 같은 생각에 중문이라도 나가 보려고 마음먹는다. 어제 보낸 메일은 답장이 없는 것 같다. 수신 확인했는지 보았는데 읽지 않음으로 나왔다. 선생님께서 오늘 바쁘신가 보다 하고 있는데 마침 전화가 왔다.

오늘 명절 앞이라 친구들이 사무실로 찾아와 지금에야 집으로 오시는 길이라 하신다. 명절날 제주 민속촌에서는 여러 가지 행사가 있다는 정보를 캐봤다. 선생님께 어찌 찍느냐고 물어보았다. 클로즈업해서 동작을 찍으라신다. 아직도 사진이란 구도와 심도 조절이 어려워서 사진기를 들이대기가 쉽지 않은데 선생님께선 항상 칭찬을 아끼지 않으신다. 정말 감사한 일이다.

한 달을 머무르며 많은 시간일 것 같지만 하루하루가 너무 빨리 지나가는 것 같다. 그 누구도 나를 알지 못하니까 내 마음먹은 대로 조용히 한 달을 무계획으로 살고 있다. 이렇게 마음을 정리해보는 시간도 가진다. 가보고 싶은 곳은 인터넷으로 잘 포스팅 되어 있는 곳이 많다. 못 가본 곳 위주로 이번 제주에서는 사진을 찍어 볼 생각이다.아들과 딸도 제주도에 와있다는 소릴 전해 듣고, 아무 일 없는지 먼저 물어본다. 말할 수 없는 일이지만 시간이 해결해 줄 것이라고 믿는 밤이다. 제주에서 3일째 밤을 맞이하며……

설날이다

평생 제주도에서 설 명절을 보내는 것도 처음 있는 일이다. 눈을 떠 보니 아직도 낯선 곳에서의 아침을 맞는다. 간밤에 잠을 잘 잔 것 같은데 아홉 시가 되어 몸을 일으킨다. 전화벨이 울렸다. 남편이다. 어머님 댁에서 차례는 지내지 않았지만, 조카와 형님과 어머님이랑 함께 아침을 먹었단다. 산소에 갔다가 집으로 오는 길에 떡국이라도 먹었냐는 인사를 하며 새해니까 복을 많이 받으라는 인사였다.

매월 주식회사 대연식품 앞으로 날아오는 고지서 통합보험료를 10일 이내에 내야 한다. 한 번도 남편에게 맡기지 않아서인지 걱정하는 남편을 대신해서 인터넷 뱅킹으로 이체를 했다. 주남 집에서 명절을 보낼 때와 별반 다를 바는 없지만, 혼자란 사실이 다르고 편하게 명절 음식을 먹을 수 없는 곳이란 것이 틀린다.

내가 어쩌다 제주까지 혼자 오게 되었고 여기 이 자리에 혼자 있는가? 사십 이후에 만난 두 번째 결혼, 재혼이 쉬운 것은 아니었다. 중년을 넘긴 나이까지 혼자만의 삶을 살아왔기에 둘이 함께 맞춘다는 사실이 어렵다. 처음처럼 불타는 사랑을 할 때와는 사뭇 다르다. 애틋하게 자식을 같이 키운 경험도 없었고, 부부싸움을 화해시켜줄 역할을 하는 대변인도 없었기에 서로가 자칫 잘못하면 마음에 실금을 긋고 만다.

이 사람과 살아온 세월 중에 온 가족과 함께 명절날을 즐겁게 지내본 적이 없었다. 시어머님과는 처음부터 뜻이 잘 맞았지만 둘째 아들이었기에 책임과 의무를 떠맡은 건 아니었다. 고작 산소를 찾아보는 일, 세뱃돈 드리는 일을 제외하면 큰 테두리 안에서 작은 일들이었다.

혼자 명절을 보낸다는 것은 알고 있었지만, 오늘은 왠지 더욱더 쓸쓸함이 몰려온다. 명절을 느낄 수 있는 곳으로 가보기로 했다. 설날 아침의 떡국은 어제 먹은 떡국으로 대신한다. 혼자 무엇을 먹은들 어떠하리. 찬밥으로 간단히 한 끼를 때우고 어제 검색해 놓은 제주 민속촌을 가기 위해 집을 나섰다.

한 시간 거리에 있다. 어제 지나간 길을 달린다. 약천사도 지나고 민속촌에 한 시쯤 도착했다. 입장료는 11,000원. 오래전에 와본 기억은 있으나 많이 달라져 있었다. 낮은 초가집이 요소마다 적절한 배치를 해놓았다. 한복을 입은 어린아이도 보이고 제주 도민들도 보였다.

중국 언어를 쓰는 많은 관광객 소리가 여기저기서 들려온다. 장독대, 유채꽃 등을 돌아보며 20년간 시집살이했던 시골마을 내동이 떠올랐다. 1984년에 결혼하여 명절이면 제대로 친정을 가보지 못했던 나였다. 큰며느리기도 하지만 초닷샛날이 시어머니 생신이기 때문이다. 냉장고에 제사음식을 비우기도 전에 시어머니 생신상을 차려야 했다.

초 정월 닷새 지나고 비로소 친정집을 간다. 정월 열 나흗날이 친정엄마 생신이기도 했다. 바로 뒷날이 보름이기 때문에 하룻밤만 자고 와야 했다. 시골동네 산그늘이 내리기 전에 돌아와야 했던 때였다. 나물 일곱 가지로 냉장고가 가득했다. 생선(도 죽틀)이 무너질 듯 온갖 음식으로 차례상을 갖춰 지내던 맏며느리의 임무만 있었다. 출가외인이라는 말이 나에게는 잘 어울렸다. 시집간 시누이들은 친정에 왔는데, 아내의 마음을 알아주는 남편이 아니었기에 더욱 딸 노릇을 할 수 없었던 시절이었다. 명절날 민속촌을 돌아보며 옛 생각에 잠겨봤다. 우리 아이들 어린시절 색동옷 입혀서 집안으로 새해인사 다녔던 때를 회상해본다.

제주 민속촌의 설날은 처음 와 본 곳이다. 제주 도민만 찾은 곳이 아닐 것이다. 전통명절의 달라진 모습들을 여기서 느낄 수 있었다. 온 가족이 함께하는 명절이라 여행으로 온 사람들과 제주 도민들의 나들이객들과 어우러진 제주 민속촌에서 나 혼자만의 시간을 가져 보았다.

외국인들이 한복을 입고 치맛자락 휘날리며 그네 뛰는 모습을 담아보려고 했으나 망원렌즈 200mm는 앞으로 더 다가가야 했다. 초상권 침해라 할까봐 몰래카메라로 들이대는 건 불가능했다. 아직은 인물사진이 서툰 난 편하게 관람하기로 했다. 혼자 민속촌을 돌아보는데 4시간 이상 걸렸다. 해넘이가 시작되기 전에 집으로 향해 표선바닷가를 달린다.

5.6km 길이의 해변을 달려오며 천천히 겨울 바다에 마음을 빼앗겨본다. 카메라에 담긴 사진들을 천천히 돌려본다. 청춘남녀, 팽이치기하는 아이들, 화살을 집어넣는 아이들을 보며 몰래카메라로 그 아이들 동작만을 살펴보았다. 민속촌을 한 바퀴 두르고 나오는데 사물놀이를 하고 있었다. 장구 치던 손을 감상하며 한참을 달려 나오는데 곡선도로 해변에 갈매기 떼들이 모여 잔치라도 하듯이 재잘거리는 진풍경을 보고 그냥 지나칠 순 없었다.

차에서 내려 날아가라고 돌멩이질을 해보았으나 길이가 태부족이었다. 높이 나는 시간인가보다 돌 틈을 비집고 몇 발짝 걸어가다 멈춰 서서 몇 장만 찍었다. 집에 있어도 혼자고 나와도 혼자이기는 하나 또 하루의 시간은 지나가는가 보다. 갔던 길 되돌아오며 한라산 쪽을 바라보았다.

한라산 꼭대기에 하얀 솜털 구름이 스카프를 두른 듯하다. 좀처럼 이런 광경을 만나기가 어렵다. 갓길에 차를 대고 본능적으로 찍어본다. 위치 탓을 하며 차에 올랐다. 점심을 건너뛰어 그런지 배가 점점 고파왔다. 무엇을 먹을까 고민하다 혼자 식당을 간다는 것이 아직 익숙하지 않아서 집으로 급히 귀가하였다. 뱃속에 거지라도 들어 있는 것 같이 허기진다. 사진에 몰입하고 있을 땐 몰랐는데 말이다. 냉동실 만두 몇 개를 꺼내어 해동해본다. 며느리의 본분을 지키고 엄마의 자리를 지켰던 시간이 반추해온다. 20년을 한복 입고 제사 수발들었던 경험과 잔칫집같이 많은 음식을 만들었던 그때를 감쪽같이 속이고 재혼에서 만난 시어머님께선 아무것도 할 줄 모르는 며느리로 되어 있다.

십여 년 전 명절이면 가끔 북한식 만두를 만들어 보내오던 어머님 생각이 난다. 오늘 같은 날이다. 인스턴트 만두지만 배고픔이 맛을 정복한다. 누가 집어 갈듯이 게 눈 감추듯 먹어버린 만두다. 밥이 되려면 25분 남았다. 남은 시간에 오늘 찍은 사진을 컴퓨터 외장 하드에 저장해본다. 어제보다는 좀 더 괜찮은 장면이 찍혔을까? 늘 사진을 찍으면서도 건성건성 찍는 버릇이 있다. 많이 찍는다고 좋은 사진 건질 수 있는 것은 아닌데 습관처럼 많이 담아 온다.

남편과 함께 보냈던 명절날 저녁은 명절특집 프로그램을 보며 웃고 떠들고 했을 시간인데, 서로 각자의 장소에서 어떤 시간을 보내고 있을까? 궁금했지만 오전 통화가 마지막이었다. 혼자 TV 보는 일 즐겁지 않았다. 혼자가 되면 이런 일이 비일비재할 것이다.

자신에게 익숙해지는, 혼자되는 연습을 오늘은 민속촌에서 명절을 보내며 오랜 시간 나를 돌아보았다. 쉬운 일이 아니다. 누군가와 함께해야 행복하다는 것을 느끼게 하는 명절날에……

선이와 둘이서

기상이 많이 늦었다. 잠자리에 누워 친구에게 사진을 자랑질하다 보니 그의 9시쯤 일어났다. 아침은 어제 해놓은 밥과 국을 데워 먹으면 된다. 새로 지은 밥은 아니어도 냉동실에 있던 송편 몇 점과 복분자차 한 잔을 놓고 아침 시간을 벌어본다. 11시쯤 아침을 먹고 나갈 준비를 하고 12시가 지나서 집을 나섰다. 중문으로 내비게이션을 켜지 않고, 그냥 무작정 길을 간다. 관광지라 이정표가 잘되어 있다. 몇 군데나 지나고 약천사가 보였다. 오른쪽 모퉁이를 돌아 무조건 들어선다. 조계종 사찰 중에 우리나라에서 몇 번째가 되는지는 모르지만, 동양 최대라고 하니 제일가는 사찰이 아닌가 생각해본다.

부처님 친견으로 선 이는 공양미 3개를 보시하는 것 같았다. 난 마음에 시주했다. 삼배, 여섯배, 아홉배, 올리고 대웅전 부처님을 올려다보며 "아직 인연이 실오라기만큼이라도 남아있다면 부처님 법으로 인연 지어지게 해달라고 간절하게 소망했다"

법당을 나오려는데 선이가 관세음보살부처님께로 가보잔다. 법당 뒤로 들어가 보았다. 관세음보살부처님 불상이 있었고, 거기도 삼배를 올리며 똑같은 마음으로 기도했다. 2층으로 오르는 계단에 올라가지 말라는 문구가 없어 올라가 보았다. 지혜의 등불을 밝히는 소원 등이 있었다. 팔 만개의 부처님이 모셔져 있는 2층을 돌아보며 3층으로 올라가 보았다. 내려다보는 부처님상의 위엄이 나를 바라보는 듯했다. 여기서도 잊지 않고 부처님 모습을 담아보았다. 성불 받은 시간인 것 같았다. 몇 번을 약천사에 들렸지만 한 번도 이곳으로 올라올 기회를 가진 적이 없었다. 친구와 함께여서 가능한 일이었는지도 모른다. 법당문을 나섰다.

법당 보살님의 배웅을 받으며 공양 간으로 가보았다. 조촐한 반찬 마파두부 밥에 무채 단무지 버섯국이 전부였다. 아침을 늦게 먹었지만, 부처님 가피로 점심 공양을 하게 되었다. 이런 기회는 자주 오지 않는다. 약천사 공양을 한다. 둘은 서로를 바라보며 이 무슨 횡재라는 눈빛을 오가며 다정하게 조금 먹었다. 감사한 마음으로 손수 그릇 씻어 올리고 공양 간을 나와 따뜻한 물 한 모금까지 정갈하게 먹고 나왔다.

바다가 보이는 약천사 앞마당을 끝까지 걸었다. 돌하르방이 대웅전 한길에 놓여 있고 약천사를 지키는 지킴이 같이 보였다.

여기저기 둘러보다 나한전에서 다시 굴속 법당으로 가보자고 제안하는 선이 따라 다시 대웅전 옆으로 다가갔다. 수월 보살 전시회 법당지하에서 하고 있었다. 그쪽으로 먼저 발길을 옮겼다. "관세음보살, 관세음보살." 법당에서 흘러나오는 큰 스님의 음성이 들리는 지하 전시장에서 발걸음도 엄숙하게 관람을 해본다.

수월관음도 "고려 불화는 한 점만 보아도 보살이 된다는 큰 영험이 담겨있다."라는 문구를 보며 오늘 우리는 영험을 얻으며 이곳에서 있다. 보광사에 있을 때 수월관음도 액자 하나를 얻게 되어 집에 걸어 놓은 수월관음도다. 한 자리에서 많이 만나 보기란 쉬운 일이 아닌데 너무 좋았다. 전시회를 보고 나오며 마음이 편안했다.

부처님 법에서 가장 소중히 여기는 것이 "인연법"이다. 보광사 찻집에서 일할 때를 떠올려보았다. 사찰을 찾으면 꼭 들리는 곳이 있다. 부처님 큰 법당은 당연하고, 또 한 곳은 불교용품을 파는 곳을 들린다. 내가 불교용품과 인연이 있었던 것도 보광사에서 불교용품을 팔아 보았기에 자주 찾는지도 모른다.

작은 합장주들도 좋아하고 한때 손에 주렁주렁 걸고 다니기를 좋아했다. 왠지 부처님이 나를 지켜줄 것만 같은 불심이 생기기도 해서였다. 불교 음악으로는 명상집도 자주 틀기도 했지만 윤해 설도 자주 틀었다. 사찰에 있을 때 간직했던 다포에 새겨진 인연설을 가끔 되뇌기도 한다.

친구와 난 굴속 법당을 돌아 나와 약천사를 빠져나와 다시 해변을 끼고 돈다. 몇km 가지 않아서 쇠소깍이라는 지명이 나왔다. 선 이와 난 소뿔 닮은 무엇인가 생각했는데 그 말이 틀렸다.

"효돈천 하구(깍)에서 솟아나는 민물과 바닷물이 만나 깊은 웅덩이를 이루고 있어 (쇠소깍)이라고 불린다." 국가지정문화재 명승 제78호에 속하는 곳에 왔다. 쇠소깍에서는 나룻배를 타고 거슬러 올라가는 관광객들이 많았다. 위에서 내려다보는 진풍경들이다. 푸른 물빛이 시원함을 더해줬다. 나룻배 시간만 되었으면 한번 타보고 싶었지만, 여기서도 친구와 사진을 찍는다.

비가 오고 흐린 날씨에도 또 길을 간다. 지도를 보며 도착한 곳은 김영갑 갤러리 두모악에 있는 곳을 찾았다.

사진을 좋아하고 또 사진을 하는 사람으로서 그냥 지나칠 수 없는 이곳이었다. 태초의 필름 카메라로 사실적인 사진이 전시되어 있었다. 그의 일생에 혼이 담긴 제주도 "그 섬에 내가 있었네." 수필집도 출판되었다.

그의 일생이 담긴 수필집 그가 살았을 때 출간되지 않았던 책 제주도에 온 기념으로 한 권을 샀다. 사진 찍기를 좋아하는 나는 그 사람의 사진혼이 어떤 것인지 궁금하기도 했다. 제주를 둘러보고 알기도 하겠지만 그때 그 시절에 남겨 둔 사진의 모습보다 많이 달라진 제주의 현실이다.

사실적인 사진 제주의 모든 것이 담겨있는 사진집을 보며 좀 더 자세히 제주도를 관찰할 수 있는 눈을 가져 본다. 용눈이 오름 성산 일출봉 등 유채꽃과 돌담 억새 바다, 바람, 그의 작품을 보는 오늘은 너무 의미 있는 날이기도 했다. 찬찬히 한 점씩 둘러보고 좀 더 자세히 보는 것은 다음 기회에 한 번 더하기로 하고 선 이와 곳곳에 다니며 인증 사진을 남겼다. 그냥 집으로 오기는 어중간한 시간이기도 하다.

한곳을 더 들리기로 하며 차를 몰았다. 성산 일출봉을 향해간다. 섭지코지를 가보지 않았다는 선 이의 말에 동참하여 그곳으로 갔다. 비는 멈추었지만 바람은 많이 분다. 올인 하우스도 보이고, 이른 봄에 핀 노란 유채꽃이 봄을 알리며 바람에 흔들리고 있었다. 유채꽃과 사진을 담는 사람들의 모습은 모두 까만색을 입은 까마귀 같았다. 지층이 아름답게 쌓여 세월의 흔적들과 명물이 되어있는 습지 코지 등대까지 올라갔다. 코끝을 스치는 쌰 한 바람으로 옷소매로 가렸다. 2월에 충분히 겨울을 느낄만한 추위였다. 한달음에 등대까지 올랐다. 뛰어 내려오며 멀리 한라산에 걸린 구름이 너무 멀어 사진 찍기가 아쉬웠다.

이제 언제가 될지 모르는 섭지코지의 이 땅을 뒤로하며 달려온다. 해는 서산에 진다는 소식 없이 어둠이 깔리기 시작하고 주유소를 찾는 나는 마음이 급하다. 국도 1136번 길을 오다가 주유소가 없을 것 같아서 다시 돌려 해변으로 향했다. 주유하고 다시 1138번길 따라 집으로 온다. 누가 반기는 사람 없고, 오라는 사람 없는 집이지만 어둠이 내리면 당연히 찾는 집, 선 이와 난 저녁을 먹고 오려다가 그냥 집으로 오길 고집했다.

오늘 아침과 같은 반찬일지라도 집에서 먹는 밥이 차라리 내 마음이 푸근하다. 내일 어떤 코스로 구경 다닐지 모르지만 오늘 둘러본 곳 모두가 기억에 남을 거다. 너와 나 같은 추억이 될 시간을 만들어 보았다.

첫 번째 이혼을 하고 방황하는 나를 잡아 준 곳은 사찰이었다. 사찰에서의 삶 42년을 살면서 불교에 귀의한 적도 없었다.

유교 사상이 지배했던 곳에서 태어나 모태 불교를 교훈 삼아 살았기에 심오한 배척이 없었던 종교였다. 동생이 권유한 스님과의 인연으로 찾았던 불교이다. 보광사에서의 삶에서 배운 불교 가치관으로 난 물들어 있었다. 너무 당연한 나의 불교적 정서는 지금까지 마음으로 부처님을 숭배한다. 오늘 돌아본 약천사와는 인연이 있었다.

남편과 와보았던 곳이다. 수월관음도 전시장도 가볍게 돌아보았던 기억이 난다. 어디를 가나 부처님 전이 편안하게 와 닿는다. 친구와 함께여서 더 좋은 날이었다. 2019년에 제주도에선 친구를 처음 만났다. 나의 모든 것을 보여줘도 끝까지 내 편인 내 친구랑 제주에서의 이 밤이 깊어 간다.

글과 함께 만난 사람들

이틀째 집안에만 박혀 있다. 아무것도 하고 싶지 않았다. 전화도 하지 않고 잠만 자고 있다. 미국에서 보내온 손자의 동영상만 물끄러미 바라본다. 지난주에 이사했다며 사진을 보냈다. 기특하게도 일을 하면서 동시에 본인들이 집수리를 한단다. 내부수리가 끝나는 중순이나 후반기에 다녀 가라는 며느리의 말에 감사한 마음을 보냈다. 샌디에이고에 집을 사게 된 아들이 대견하기도 하지만 나에게 했던 말들이 마음에 돌이 되기도 했다.

아버지가 대단하다는 아들이다. 얼마가 되던 이 경기에 돈을 보내준다는 것이 어디 쉽냐고 말한다. 작은 것에 감사할 줄 아는 아들이다. 미국같이 큰 나라에 가서 공부하면서 자기 돈 쓰기는 싫다 던 아들이다. 그놈이 새집을 마련했단다. 이제 영주권만 나오면 한국에 오지 않으려는 모양이다. 오라고 할 이유는 없었다.

엄마가 해준 것도 없는데 마냥 그리워하는 이 마음 하나뿐이다. 손자 동영 상을 본다. 이제 곧잘 영어 문장을 구사하는 손자를 보며 영어를 조금 할 줄 알아야 손자랑 이야기가 될 것 같은데, 이미 굳어버린 혀, 머리 나쁜 할머니일 뿐이다. 제주도에 한 달 살기로 와있다는 소릴 듣고 예쁜 며느리가 "와, 좋으시겠네요? 제주에 영원히 머무는 것은 아니에요?" 라고 묻는다. 그럴 마음은 없다.

한 달 정도가 딱 알맞은 것 같다. 더 깊이 빠져 보지 않아서 매력을 느끼지 못했기 때문인지도 모른다. 김영갑 작가 전시실에 들러 그의 삶을 보게 되었다. 그의 수필도 사오긴 했지만, 그 사람만큼 제주 매력에 빠져들지는 않았으니까. 며칠 훑어본 시간뿐이다. 혼자 다니며 즐기는 것도 꾸준한 인내가 필요하다.

오늘은 제주에서 사부 작가님의 글쓰기 특강이 제주시청에서 진행된다는 문구를 발견한 지 한 달이 지났는데, 그날이 오늘이란다. 아침에 일어나서 보니 쾌청한 날이었다. 점심 때가 되니 삽시간에 구름이 몰려오고 온통 제주시를 안개로 덮어 버리는 것 같아 나가기가 머뭇거려진다. 던져 버리고 싶은 컴퓨터를 이제 포맷해보는 길밖에 없다고 생각했다.

오후 3시가 되도록 옥이, 분이, 딸과 통화했다. 22일 싱가포르로 떠난다는 딸 손자와 잘 다녀오란 말을 남기고 제주시로 나갈 채비를 챙겼다. 컴퓨터 여우와 늑대 점포를 찾아서 40여 분을 달려갔다. 주차장 6시 마감한다고 그 시간 전에 못 오실 것 같으면 3,500원을 결제하란다.

포맷하려면 많은 시간이 필요하겠지만 일단 먼저 가보고 결정하겠다고 그냥 주차장을 나왔다. 걸어서 오 분 거리에 있는 컴퓨터 집 문을 여는데 주인 아저씨 낮잠을 주무셨나 보다. 놀래서 일어나셨고 컴퓨터 진단을 해보신다.

자판을 가나다라 꾹꾹 눌러도 튀지 않는 데 내가 글만 쓰면 왜 튈까? 주인 아저씨 글자를 쓰면서 컴퓨터 자체 자판을 건드린 것 같다며 이상 없다고 하신다. 내심 반가웠다 이 컴퓨터를 그대로 쓸 수 있다는 것만으로도 너무 신이 났다. 비용은 없냐고 여쭤보았다. 그냥 가셔도 된다고 말씀하셨다. 제주 사람들이 아무래도 순수한 마음으로 장사를 하는 것 같았다.

일요일에 통화한 한컴 119 아저씨도 상세히 설명해주시는 분이었다. 이분도 진단만 하고 가라는 말에 친절함까지 보였다. 다음에 고장이 나면 들리겠다며 가게를 나왔다. 이 얼마나 다행인가. 아무렇지도 않다니 집으로 빨리 가보고 싶을 정도였다. 주차장에 들렀는데 주차비도 받지 않는다. 짧은 시간에 다녀왔기 때문인가 보다.

아저씨의 인상은 별로 부드럽지 않은데 여기 사람들은 그렇게 팍팍하지 않다. 제주라는 섬의 특성상 사람들의 마음이 급하지 않은 점도 있는 것 같았다. 저녁 7시가 되려면 많은 시간이 남았다. 제주 자연사 박물관을 검색하여 가본다. 주차비 입장료 3천 원을 내고 입장했다.

어제 내린 비보다 낮 동안에 안개비가 내려 땅이 촉촉한가 보다. 늦은 입장이지만 문 닫는 시간 동안 열심히 이곳저곳을 다녀보았다. 제주도가 만들어진 배경, 희귀한 돌들, 풍속 등을 감상하고 혼자 사진도 찍으며, 전시관을 둘러본다. 제주도 6.25 참전 용사들의 특별 전시관을 들렀다. 어둑해지기 전에 자연사 박물관 지하에 준비된 바다에 나는 어류박제 등도 둘러보고 나왔다. 시간이 아직 두 시간 정도 남아있었다.

삼성곶을 찾아 가본다. 관람 시간이 끝났나 보다. 주차장에는 제주 시내의 택시들이 즐비하게 서 있었다. 내려서 표 사는 곳을 가보았다 굳게 잠긴 문틈 사이로 여긴 무엇인지 들여다보았다. 다음에 들려보기로 하고 제주시청으로 다시 차를 돌렸다.

제주시청 주차장을 두 바퀴 돌고 시청 앞 노면에 주차된 차 앞에 주차하고 저녁을 먹었다. 7,000원이 주 음식 값이었다. 메뉴판 눈에 들어온 메뉴는 쇠고기 불고기 뚝배기였다. 일인분을 주문했다. 시청 앞이기에 많은 사람이 이용하는 식당 같아서 은근 기대를 했다. 음식이 나오고 반찬이 먼저 나왔는데 크게 다를 바 없는 식당이었다. 주 메뉴 불뚝 과 공깃밥이 나왔다. 뜨끈한 국물에 밥이 괜찮았다.

오전에 전화로 아우, 숙이가 아들과 제주에 온다고 했는데 문자를 보냈다. 차를 빌려 저녁밥 집을 검색해서 가고 있단다. 맛있게 먹으라는 말과 함께 나도 식사에 몰입한다. 며칠 전 선이와 먹었던 아점 시간에 불고기 뚝배기보다. 훨씬 맛있었다. 천천히 식사를 마치고 차를 옮기지 않고 그대로 둔 채 정보센터가 있는 제주회의실로 찾아갔다. 몇 명 오지 않는 회의실 주최한 청아란 분이 반겼다.

30여 명의 명단을 내밀며 사인하라는데 내 이름은 여기 없고 선생님 만나 뵈려고 왔다고 하며 맨 뒷자리 앉아 있었다. 제주까지 와서 특강인데 그냥 만원을 내고 신청하는 쪽이 마음이 편할 것 같았다. 김밥과 초콜릿 물 등을 준다. 7번 행운의 번호도 챙겨 줬다. 자리에 한참을 앉아 있었는데 사부님의 얼굴이 보였다. 큰 가방 하나를 메고 여전히 미소 지으시며 들어오셨다.

"사부님, 반갑습니다." 놀란 표정이다.

"여기 어떻게……."

"사부님 뵈러 왔죠. 창원에서는 뵐 수 없어서 여기까지……."

사부님은 특강 준비를 마치고 슬쩍 휴대전화를 꺼내더니 손수 셀카를 찍으신다. 이런 모습은 처음이다. 얼굴을 보여주시는 것을 너무 싫어하시는 사부님이신데 직접 사진을 찍으시다니. 사부님 역시 그 말씀을 하셨다.

다른 곳 같았으면 안 찍는데, 제주라서 김*숙 작가님과 생각지도 않았던 곳에서의 만남이라 찍으신다고 했다. 환한 미소를 남겨 주시며 찍어주셨다. 특강과 글쓰기 과정과는 사뭇 다른 강의지만 특강을 몇 번째 접한다. 부산. 독서나비 창원, 그리고 제주에서 세 번째 특강을 듣는 것 같다. 매번 들을 때마다 감정이 남다르게 와닿는다. 이미 먼저 이곳에 와있으며 글쓰기를 하고 있었다.

컴퓨터가 애먹였지만, 꼭지를 다 맞추지는 못하고 쓰고 있었던 일기 같은 글이다. 오늘 다시 듣게 된 사부님의 말씀에 공감해보는 시간이었다.

"살아갈 날들을 위해 살아온 날을 쓰자 흔적을 남기기 위한 글이 아니라 오직 나만의 글을 쓰기 위함이다."

오늘 특강을 들었던 내용으로 내 안에 일어나는 감정들을 글 쓰는 이 순간에 한 자 한 자 정성을 담아서 써보기로 했다. 9시40분 좀 늦은 시간에마쳤다. 김*숙 작가도 만났다. 전화번호도 주고받으며 내일 있을 서귀포 글쓰기에 참가할 것을 약속하며 회의실을 나왔다.

제주시청 앞에 주차한 내 차에 이상한 딱지 하나가 눈에 들어온다. 뭐지? 주차위반 딱지가 붙어있다. 얼마짜리인지 모르지만, 오늘 참 비싼 특강을 들었다. 생각하며 귀한 분을 만난 값을 톡톡히 치르나 보다 생각하며 집으로 왔다.

밤 열 시 이후에 귀가는 제주에 오고 첨 있는 일이다. 무언가 뿌듯한 마음이었다. 이제 다시 글을 쓸 마음의 준비하고 제주에서의 삶을 일기처럼 써볼까 한다. 오늘 많은 것을 얻었다. 글쓰기 인연으로 맺은 사람들을 만나고 또 선한 영향력을 가슴에 새기는 시간이었다. 내일 또다시 서귀포 글쓰기도 참여 해 볼까 생각하며 늦은 시간 잠을 청해 본다.

글과 함께 만난 사람들 2

날씨, 맑음. 일어나기 전부터 제주 날씨를 가장 먼저 체크한다. 요플레 하나를 먹기 전에 따끈한 물 한 컵을 먼저 마신다. 누워 있는 시간에 동창에게서 전화가 왔다. 제주생활은 어떠냐는 질문이었지만 역시 마찬가지의 대답이었다. 주남이나 제주나 사는 것은 마찬가지라고 말했다.

3월부터 거제도로 혼자 독립한다는 것이었다. 친구는 직장 때문에 집으로 돌아갈 수밖에 없는 현실을 말하지만 나와는 조금 다른 것 같다. 지난 시간이 떠오른다. 연애 7년에 시집살이 8년 분가하여 12년 합하면, 결혼생활 20년에 의처증이란 이름으로 결별할 수밖에 없었던 나였다. 재혼한 지 13년 차에 지킨 영업 10년, 무직으로 살아온 지 3년째다.

지금의 사랑하는 사람과 아름다운 삶을 수놓은 그림을 회색 칠하겠다는 남편을 두고 제주에서 한 달 마음이 움직이는 데로 사는 현실이 인정이 안 되었다. 서서히 결정을 내리고 마음을 가다듬고 살아가야겠다는 야무진 생각이 든다.

어제 특강 때 가슴을 먹먹하게 했던 사부님의 매 순간순간 행복하지 않음이 없다는 말씀, 불행하지 않으면 행복하다는 그 말씀과 하루 4시간 잠을 자고 일어나서 보면 사랑하는 아내와 아들의 잠자는 모습이 가슴을 짠하게 한다는 그 말씀, 겪어 보지 않은 사람은 행복의 가치를 모른다는 말이 와 닿았다.

아파보았다. 혼자도 살아보았다. 하지만 이것이 행복하다고 말할 수 없었던 암울한 마음도 가져 보았다. 부처님 곁에서 3년이란 세월을 보내보기도 하고 하루 108배를 하며 기도하기도 해보았다. 또다시 인생 육십부터 다시 걸음마를 해야 한다니까 나 스스로 인정할 수 없었던 시간이다.

이제 붙잡아도 안 된다면 놔줘야겠다고 생각을 해본다. 나 혼자만 간직해야 할 아픔이 아니기에 사랑하는 사람도 겪어 보아야 한다는 생각이 든다. 백 번 잘해주다가 한번 잘못하면 이런 결과를 낳게 되고 신뢰가 부족했다. 믿었던 남편이기에 또 아픔을 겪어야 하느냐는 불길한 예감이 들지만 어쩔 수 없는 일이라고 생각해본다.

아무런 일도 하지 않고 하루를 보내고 있다. 하지만 단 한 시간도 그를 생각하지 않은 시간은 없는 것 같다. 무념무상 해지려고 노력해보는 시간이다. 오늘도 서귀포에서 사부님의 글쓰기 특강이 있는 날이다. 처음 제주도에 도착한 후 친구가 오기 전까지 하루 한 번이라도 외출하곤 했다. 선이가 돌아가고 혼자 나다니는 것이 좀 뜸하기도 했다. 사진을 찍는다는 것조차도 멈추고, 있는 상태다. 미더덕 된장찌개와 점심 겸 아침을 먹었다.

그동안 쌓아 놓았던 쓰레기 분리수거를 위해 조금 일찍 나섰다. 안덕계곡 옆에 생활 쓰레기 분리수거장을 갔다. 처음 왔을 때 제주 이 동네 살펴보기에 눈에 들어왔던 그 아주머니께서 당직인가보다 인사를 드렸다. 재활용 쓰레기 하나씩 끄집어내서 캔, 유리병, 비닐, 종이, 스티로폼 등을 분리하며, 아주머니께 이야기를 건넸다.

제주생활에는 분리수거장이 따로 있어서 마음에 든다. 제주도는 달 방사는 사람들의 편의성을 봐주는 시 정책인 것 같다고 말했다. 일반쓰레기와 분리수거가 잘 시행되는 제 주생활을 이야기했다. 여행하며 한 달 살이 는 적당하다. 더 이상 직업 없이 살기엔 무료할 것 같다 말하고 글쓰기 특강을 가기 위해 나섰다.

서귀포시 서홍동 686-6번지를 길도우미에 검색해본다. 21분 그리 멀지 않는 곳에서 행해지는 장소로 향했다. 한 시전 도착했다.

대구에서 온 송*정 작가와 박*근 작가 사부님은 특강 준 비를 마치고 반겨주셨다. 대구에서 온 송*정 작가와 박*근 작가 사부님은 특강 준비를 마치고 앞에 서서 반겨주셨다. "어제에 이어 오늘까지 먼 곳으로 오셨군요."라는 인사를 해주셨다. 넓은 공간이었다. 이곳도 배움의 씽크로와이즈 강의장인 것 같다. 총괄하시는 분은 주차장에서 안내를 받았고 인사를 나눴다. 뒷좌석에 배치된 곳에 앉았다.

여기 오기 전에 오인방 김**의 전화가 왔다. 최고 경영자 과정 해외여행을 블라디보스토크로 가기로 했는데 여행 견적서를 2박 3일에 95만원으로 측정되었던 견적서보다 110만 원으로 측정된 것으로 정해지는 것 같다며 안타까워했다. 그럴 수밖에 없는 이유가 있겠지. 누군가의 부탁 때문에 결정지어진다면 어쩔 수 없지 않은가?

예약센터에 의뢰해봤다. 단체결정에 따른다면 어쩔 수 없는 결정이라고 말해준다. 나 또한 그렇다. 이 모든 일이 누구 한 사람 떠든다고 될 일이 아니지 않은가 벌써 마음으로 그렇게 정했다면 그들이 그렇게 할 수밖에 없는 이유가 있을 터이고 떠들고 싶지 않다고 말을 전하고 특강을 듣는다.

특강을 매번 참석해보며 느낀다. 다섯번의 특강을 들어도 매번 다른 느낌이 가슴에 남는 말씀들, 2시간에 걸쳐 글쓰기 선한 영향력이 큰 메시지 속에 누군가에게 꼭 희망의 지름길이 될 특강 내용이다 "자유롭고 지치고 초연해지고 소중한 것"을 두고 왔다. 싶으면서 "후회하기 전에 글을 쓰자." 인생 팔십에 비유하면서 이 메시지가 전해주는 사부님의 종결 말씀으로 특강은 끝이 나고 질문이 이어졌다.

"출간 계획서가 원고를 능가할 수 있느냐"는 질문에 투고의 참고는 될 수 있으나 결정 당락에는 아무런 의미가 없을 것 같다고 말씀하셨다. 어떤 작가의 글이던 가슴으로 쓴 원고를 능가할 그 무엇이 있을까? 일일이 인사를 나누며 특강 장소를 빠져나왔다. 서귀포 커피숍에서 차 한 잔의 여유를 갖기로 했다. 다섯 명이 글과의 인연으로 찻집에 앉았다. 아메리카노 한잔을 시켰다. 각자의 인사는 없었지만, 제주에서의 만남이 의미 있는 장소였다. 사부님을 위시하여 또 육지에서 만날 것을 약속하며 사부와 박*작가 그 외 여성 한 분과 먼저 인사를 나누고 송*작가와 오랜 시간을 이야기한다.

처음 만났고 관계성 인연이지만 좀 특별한 경우여서 그런지 목욕탕에서 만나 나에게 하소연하던 그 여인과 무엇이 달랐겠는가? 제주 한달살기에 대하여 설명하게 되었다. 인생 육십을 살며 또 다른 방향을 살아가게 될지 모른다는 이야기를 나눈다. 제주 앞바다 섬 하나가 크게 보이는 자리 아뜨리에서 오랜 시간 마음에 담긴 이야기를 나눴다.

아이가 3명이란다 40대 중반이지만 아직도 삼십 대를 능가하는 동안 미모를 지닌 송*작가와 함께 긴 시간 나 혼자만 내 속에 있는 이야기늘을 털어 낸

거 같다. 어제와 오늘 사부님의 말씀 중에 "징징대지 마라. 다른 사람의 이야기를 들어줄 때 공감하며 징징거리면 싫어한다."라는 말씀을 되뇌며 나만의 삶 숙제도 답도 내가 가지고 있다. 내 삶이기에 내가 그것을 감당해야 할 몫이라는 특강 속의 말들이 떠올랐다.

송*작가와 헤어지고 정숙아우를 만나기 위해 서귀포 일식 집으로 달려간다. 송*작가와 나누었던 이야기들이 오늘 큰 언니로서 주책이 아니었나 생각도 해보았다. 이미 내 입에서 나오고 말았던 말들이기에 후회는 없었다. 이젠 한 번 더 생각해가며 말을 아끼는 습관을 지녀 보기로 한다. 약속장소에 내가 먼저 도착했다.

1,100고지를 다녀와 시간이 좀 빠르다고 택시 타고 올레시장을 다녀왔단다. 반가웠다. 얼싸안고 포옹을 한참 했다. 일식집을 들어섰다. 3명이 예약된 자리에 앉았다. 일식이 차례로 나왔다. 회가 목구멍으로 쉴 새 없이 넘어가고 있었다. 그동안 하지 못했던 내 이야기가 중점이 되어 대화를 나눈다. 이제 그만하고 뭍으로 가면 조용히 정리하는 삶을 살고 싶다고 했다.

숙이의 작은 아들 참으로 기특했다. 나이보다 어리게 보이는 20대 올해 다시 학과를 바꿔서 대학을 다니게 된 것을 축하해주었다. 천일 만에 아픔을 겪은 아들이었지만 해맑고 밝은 모습이었다. 엄마의 영향력이 큰 것 같았다. 오로지 이번 여행은 아들이 해보고 싶은 쪽으로 맞춰준다는 엄마, 사랑스러운 아들과 자주 여행을 할 수 있는 숙이가 부러웠다.

나의 분신들 열 여덟 힘든 나이에 엄마와 이별하고 오로지 할 수 있는 것은 공부밖에 없어서 죽어라. 공부만 했다는 내 아들과 딸이 생각났다. 엄마의 빈자리 겪지 않아도 될 일 마저도 힘들게 겪고 지나간 내 아들딸이 가슴 저리게 아파왔다. 지금이야 먼 곳에서 각자의 생활이 있고, 반려자를 만나 행복한 가정생활을 하고 있지만, 한창나이에 엄마와의 추억은 단절되었다. 그리움만 안고 살아가던 그때 얼마나 암울했을까 하는 생각이 든다.

저녁을 맛있게 먹고 남원에 숙소가 잡혔는데 체크인을 하지 않았단다. 숙이와 아들 아홉 시까지 가야 한다. 차 한 잔만 간단히 마신 후 창원에서 다시 보자고 인사를 남긴 채 떠났다.

서귀포 같은 시내라 집까지는 그리 멀지 않게 달려왔다. 오늘은 제주도에 와서 모처럼 가장 이야기를 많이 나눈 시간이었다. 그것도 주로 내 이야기에 불과했다. 결과를 위해 말도 아끼고 행해지는 대로 따르겠다는 마음을 갖지만, 아직 마음수련이 되지 않는다. 집으로 오며 오늘은 긴 시간 수다로 보낸 시간을 정리한다. 원룸 제주에서 내가 머무는 곳은 안락하다. 들어서자마자 침대에 전기를 꽂는다.

TV를 틀고 외투를 벗고 세안을 한 후 000 화장품을 뿌렸다. 아무나 잡고 뿌려주라는 친구자야의 말이 가관이었다. 제주에서 아는 사람이 어디 있다고 나를 믿는단 말인가? 오죽하면 그럴까 하는 마음이 앞섰다.

집에 들어서면서 생각났던 제천 친구에게 전화했다. 하느님을 믿는 오로지 믿음 하나로 여태까지 견딜 수 있었다는 친구에게 수요예배 정도는 기억해주는 센스를 발휘했다. 뚜뚜 전화를 받는다. 반가운 웃음소리에 18세 소녀같은 친구의 목소리가 그대로 전해온다. 아야, 네 목소리는 여전하고 변하지 않았다고 말한다. 살면서 여고 시절에 삼총사란 별명까지 부여했던 친구다.

여태 30년 이상을 안 봐도 목소리만 들어도 어제 본 듯한 친구이기에 내 마음을 아는 걸까? 기도하는 마음을 가져 보란다. 마음의 끈을 놓지 않고 열심히 감사하며 살런다. 영아의 말이 내 마음으로 전달되어 온다.

아직도 인연의 고리가 남아 있다면 인연법으로 끝까지 잘 살 수 있게 해달라 빌었다.

약천사 오백나한전에 기도했던 그 날이 떠오르는 시간이었다. 오로지 믿음으로 머리도 안 아프단다. 다리도 수술해야 하는 처지에 놓였었는데, 감사하는 마음과 기도의 힘으로 다시 살 게되었다한다. 나에게 차분히 전해오는 친구음성에 매료되었다. 넌 하느님께 난 부처님께 서로의 믿음이 다르지만, 결과는 하나다. 오직 한마음 믿는 마음은 같은 그것이라고 말한다.

늦은 시간 두 번째 책을 읽고 구절마다 눈물샘을 자극했다며 전해주는 말, 어찌 그렇게 힘든 일을 겪고 잘살았느냐며, 위로해주는 친구 덕분에 또 눈물 한번 찍어냈다.

내 인생에 엄마가 투영되고 감사한 마음으로 받아들이면 이 또한 감사할 일이 아닐 수 없다. 끝까지 흔들리지 않는 사랑으로 봐주란다. 영아의 말을 듣고 오늘 특강에서 꽂혔던 낱말들과 좋은 친구 덕분에 이 또한 지나가리라 마음먹어본다. 좋은 쪽으로 결과물이 나타나길 기도하며……

마중

제주에서 머문 지 12일 지났다. 혼자 적응이 되어 갈 무렵이지만 가끔은 사람이 그립기도 하다. 누군가와 시간을 보내고 싶은 생각이 간절해지는 시간이다. 내뱉은 말도 있고 한 달을 잘 버텨 보리라 마음먹었었다. 주남에 살 때도 가끔 친구에게 하소연을 하곤 했다. 오늘 그 친구가 휴가 받았다는 소리를 듣고 올지 말지를 물어보지도 않았다. 무조건 오라고 종용해서인지 나를 찾아 월차 내서 제주도로 향하고 있는 선이 마중을 하러가야 한다.

아침 7시 35분 비행기로 넘어온다는 소식을 접하고 분주하게 움직여 차림새를 하고 나섰다. 내비게이션을 켜본다. 40분 이상 걸려서 도착한다고 안내한다. 선이가 공항 출국장까지 나오면 9시 되겠다 생각하고 8시 11분에 출발했다.

평화 도로에 올리자마자 구간 단속구간에 걸려 더는 달릴 수가 없었다. 그의 출국장 앞에 도착했을 즈음 선 이의 목소리가 들려 왔다. 2번 출구 앞이다.

캐리어를 끌고 온 선 이의 모습이 보이고, 올해 들어서 처음 접하는 친구 얼굴을 제주에서 보게 되어 매우 기뻤다. 특별한 인사 없이도 서로의 마음을 너무 잘 아는 친구이기에 아침은 못 먹고 출발했음을 직감했다.

그냥 어딜 안 가봤냐고 물어보고 어제 검색해둔 공항에서 해변 도로를 달리다 보면 보이는 가파도를 먼저 가보기로 하고 선착장을 갔다. 바람이 있어서 배가 뜨지 않는다는 안내를 받았다. 가파도는 멀리 있는 바다를 나가야 했기 때문이었다. 엎드리면 닿을 듯한 비양도를 가보기로 하고 비양도 가는 선착장에 도착했다.

비양도 출발선을 알아봤다. 12시 15분발이 있음을 확인하고 아침 먹을 곳을 찾아 나섰다. 선착장 주변 해장국집을 찾았다. 소불고기 뚝배기를 시켰다. 몇 분 기다리지 않아서 나온 음식 단맛이 과할 정도였다. 당면에다 쇠고기를 볶아서 넣고 뚝배기에다 나온다고 불뚝이다. 아침을 먹지 않아 배고픈 시간이다. 자작한 국물이 있는 불고기 뚝배기 입맛에 맞진 않지만 맛있게 먹었다. 어제 먹었던 닭고기 뼈까지 버려 달라는 부탁을 하고 선착장으로 나섰다.

아침에 도착했을 때와는 너무도 다른 광경들이다. 관광객들이 모이기 시작했고 선실에 가득했다. 정원이 90명인 배는 15분여 만에 비양도 도착을 했다.

비양도 안내요원의 안내를 받으며 비양도 한 바퀴 돌았다. 둘레 길을 돌며 확 트인 바다를 14일 만에 나와 동반한 내 친구랑 입담을 나누며 사진도 찍고, 코끼리 바위의 모양에도 신비로움을 표현한다. 한 바퀴 돌다 보니 정상까지 다녀오는 건 무리라는 말을 듣고도 그냥 포기하기엔 너무 아까운 시간이라 재촉해서 정상을 향해 빨리 올라갔다.

40분여 만에 꼭대기까지 올라왔다. 안 와봤으면 후회될 뻔하다는 말을 남긴 채 정상에서 남성 한 분을 만났다. 사진을 찍어드리고 우리도 한 장 찍어주는 서비스를 받았다. 이제 남은 시간을 체크해 보았다. 30여 분 남았다. 뛰다 시피 내려온 길 15분여 만에 도착했다. 선착장에서 배터리 아웃직전에 휴대 전화기를 충전했다. 36%정도 충전을 하고 돌아오는 14시 15분 배로 다시 돌아왔다.

해변을 따라 협재 해수욕장에도 들렸다. 하얀 모래와 블루 빛 바다 너무 잘 어울렸다. 한참을 사진도 찍고 해변을 거닐며 시간 가는 줄 모르고 겨울 바다를 즐기고 있었다. 오랜만에 제주까지 온 친구를 위해 제주해변을 한 바퀴 돌아주려고 마음먹었다. 직장을 다니는 친구라 우리에게 주어진 시간이 너무 짧다. 3박 4일 동안 얼마나 좋은 곳을 함께 구경할 수 있을지도 의문이다.

오늘 만나 해질녘까지 시간을 보낼 참이다. 풍력발전소까지 돌아 올라왔다. 바다를 끼고 거대한 풍력계가 돌아가고 있었다. 개수를 헤아려보진 않았지만 일 열로 늘어선 바다 위의 에너지 원기둥이다.

바람에 돌아간다는 풍력발전기를 바라보며 한참을 걸었다. 바람도 있고 파도도 거세게 몰려오는 바다 혼자 장노출을 찍으며 몰입된 시간이었다. 관광지라 띄엄띄엄 사람들의 발길이 끊이진 않았다. 바닷가를 나와 이제 집으로 향했다. 오후 6시가 넘었다. 집에 도착하자 곧 밥을 짓는다. 친구가 오긴 했으나 더 잘해줄 반찬은 없었다.

콩잎, 젓갈, 김구이, 조개 미역국, 고추지, 집에서 가져온 반찬이다. 따뜻한 국물 흰쌀밥이 전부였다. 13일 늦은 시간에 제주 오는 일을 허락받은 친구는 얼마나 피곤했는지 잠자다 깬다. 반복했지만 결국 나 때문에 늦은 시간에 잠을 청할 수밖에 없었다. 더블 침대 둘이서 잠자 본 일이오랜만이다. 조금은 불편하지만 날 위해 찾아온 그녀와의 동침은 즐거울 수밖에 없는 일이다. 나의 모든 것 이해해줄 수 있고 함께 울고 웃을 수 있는 친구이기에 가능했다.

내일 어디로 갈까 고민을 해보며 하루 동안 찍은 사진을 저장고에 보관하고 선생님께 보낼 사진 파일들을 메일로 보냈다. 사진 참 쉽게 찍는 요즈음이다. 60년을 살면서 뒤돌아보았다.

내게 추억 할 수 있는 결혼생활 20년의 사진 모든 것을 잃은 지는 오래됐다. 십수 년이 지난 지금 밴드에서나 가끔 볼 수 있는 내 추억은 초등학교 졸업 때 찍은 사진이 유일한 사진이었다. 그 후 사진에 대한 애착이 많은 나는 휴대전화에서 사진 기능이 좋은 것만 골라서 촬영하기도 했다. 2002년에 이혼을 했기 때문에 사진이 없다. 학창시절 앨범과 청춘을 노래했던 추억사진은 이미 사라졌다. 하지만 사진을 배우며 열정에 빠져 있는 요즈음이다.

친구와 사진 찍기 내 자신을 담는 것 보다 찍어주기를 더 잘하는 나는 좋은 풍경과 벗들의 인물사진이 참 많다. 외장하드 기능이 너무 좋아졌다. 몇 기가 아니 몇 테러 이런 숫자도 내겐 생소하지만, 외장하드로 보관하는 요즘 사진들 소장하기는 최고다. 이혼 후의 17년의 삶이 사진으로 보관된 추억은 1테라 안에 다 소장되어 있다.

선이와 함께 돌아보았던 비양도 소중한 추억의 한 페이지를 장식하고 아이들 쥐 어른 쥐가 인연이 되어 제주도 한 달 살기에 가장 최초 찾아준 손님으로 함께한 시간이다. 잊지 못할 추억이 많은 우리다. 손자가 둘이 태어난 할머니가 되었다. 아름답던 삼십 대에 만나 육십 인생에 접어들며 죽는 날까지 함께 우정으로 자리할 선 이가 내 곁에 있다.

늦은 시간 연애의 맛 이필모와 수연의 결혼식 젊은이들의 사랑에 녹아들며 이 프로그램에 유달리 빠진다는 것은 아직도 심장이 뛰고 있음을 의미하는 것인가? 주경야독하던 고등학교 시절에 만난 첫 인연의 고리가 이 프로 연애의 맛보다 더 찐한 사랑을 경험하지 않았던가?

매일 보지 않으면 안달했고 만나면 사랑을 갈구했던 그 사람과의 인연으로 소중한 보물들 생에 가장 명작을 남기지 않았던가? 20년 결혼생활 끝에 그 사람과의 인연은 끝났지만, 재외 동포가 되어버린 아들과 혈육의 정은 흐르고 있지 않은가?

손자가 둘씩이나 있는 할머니지만 심장의 피는 아직 뜨겁게 흐르고 있는 것이 분명하다, 늦은 시간에 프로가 끝나는데도 미련을 버리지 못하고 기다려진다는 것은 청춘 시절에 불태웠던 사랑을 추억할 수 있는 프로여서 더욱 가슴이 뜨거워짐이 분명하다. "추억은 아름답다."라는 말을 인정한다. 제주까지 와있는 내 현실을 돌아보면 급 슬퍼진다.

여자이길 포기하고 남편의 생리적 현상도 이해해주지 못하는 나여서 졸혼이라는 이름으로 괴롭힘을 당하면서도 청춘 시절엔 뜨거웠다는 내 말은 이치에 맞지 않는 거 같다. 감성이 풍부하여 편지 쓰기를 좋아했던 난 아이 아버지를 만나기 전엔 여러 친구와 편지쓰기도 좋아했다.

군대나 마찬가지인 기숙사 생활을 지탱할 수 있었던 것은 며칠 만에 한 번씩 받아 보는 편지 답장이 최고의 위안이었다. 엄마에게 보내는 편지, 지금 내 곁에 사는 희야에게 보내는 편지. 이미 고인이 되어 버린 중학교 동창 남자 친구, 그리고, 동네 오빠, 동생, 등등 심지어 여고 동창생, 같은 방 식구에게까지 편지 쓰기를 했다.

감성이 폭발했던 그 시절 하루 한 통씩 보내오는 첫사랑의 편지 등등 옛일을 생각하는 밤, 연애의 맛이 더 감성을 자극한다. 한 시쯤에 끝난 프로그램을 보고 쉽게 잠들 수 없는 시간을 뒤척여 본다. 현실과 맞지 않더라도 내 추억 속에 고이 간직된 아름다운 일들이 채색되어 오는 순간이다. 옆에서 제주 나들이 온 친구는 잠들어 있는데, 혼자 추억소환에 시간은 깊어만 간다.

이제 완전한 수면을 위해 전기불을 소등을 하고 잠자리에 든다. 이 후의 시간은 그때 고 민하기로 하고…….

배웅

만남은 반갑고 헤어짐은 아쉬움이 남는다. 제주 한 달 살이 중 3박 4일의 일정으로 제주를 찾아준 선 이의 고운 마음에 감사하는 날이다. 가파도를 가려고 아침 일찍 나섰다가 바람이 너무 거세어 박물관 투어와 원정리 바닷바람을 쏘이기로 했다. 제주도의 역사가 남아 있는 제주박물관을 세밀히 관람하고 예쁜 도자기 접시 두셋트를 샀다. 음식 만들기에 관심이 많은 딸이다. 소담한 접시에 맛있는 반찬 담아 놓고 웃음 지을 딸 생각에 흐뭇해지는 시간이다. 가끔 해외여행을 다녀오면서 선물은 예쁜 도자기 머그잔 등을 사다주곤 했다.

제주도 해변을 끼고 여행 일정이 마무리 되어간다. 원정리 찻집에서 시간을 많이 보냈다. 제주에서 가장 오래 머문 시간이다. 귀가가 늦은 시간에 돌아와 김치 만둣국과 아침에 먹었던 떡국을 먹었다. 낮부터 이어진 우리들의 이야기를 늘어놓는 시간이다.

바벨 할 시간 동안 모든 준비는 끝냈다. 둘은 나란히 누워 이런저런 살아온 이야기를 하다가 시집살이 이야기에 눈물을 또 짠다. 둘이 만나면 했던 이야기를 또 해도 지겹지 않은 날이 많다. 아이 쥐 어른 쥐가 학부모로 만났다. 어언 30년 지기 친구이다 보니 툭하면 과거 이야기로 울고 웃는 날이 많다.

갖은 역경을 이겨내고 한 번의 이혼으로 이별은 끝날 줄 알았는데, 또다시 찾아온 삶의 고비에 대한 내 이야기를 하다 보니 날 밤 지새고 말았다. 겨우 2시간 정도 눈을 붙이고 아침밥을 짓기 위해 일어났다. 머리가 무겁고 흔들거려 머리가 아픈 것 같아도 우리의 우정이 3박 동안 더 깊어진 것 같다.

삼일간의 행복한 일정을 소화하며 제주여행을 갈무리 해본다. 아무에게도 구해 받지 않는 시간 제주 흑돼지 숯불구이도 먹었고, 머문 찻집에 앉아 오랜 시간 정을 나누었다. 더 이상 어떤 생각도 하지 않은 채 어둠이 밀려왔다. 바닷바람이 너무 세차게 불었다. 어제부터 맞은 바람이 무기력하게 만들기도 했다.

선 이와 헤어질 시간이다. 주남 집에 오면 다시 만날 것을 약속하고 공항으로 향했다. 아쉽다. 좀 더 오래 있고 싶은 친구이다. 김해공항에 도착하면 남편이 기다리고 있다는 친구다. 제주 출발 11시 35분 비행기로 이륙해서 1시간이면 김해 도착한다. 나보다 먼저 도착했다는 말이 전해왔다. 짧은 시간 동안에 나누었던 서로의 깊은 내면을 들여다보며 우정으로 뭉쳤던 시간이 추억을 만들었다.

컴퓨터를 수리하려고 들고 갔던 여우와 늑대 집도 문을 닫았다. 컴퓨터 119로 전화를 걸었는데 부재중 전화가 왔다. 마우스 커서가 뛴다고 설명을 했다. 마우스 탈이라고 말씀하셨다. 마트에 들려서 먹거리와 마우스를 사왔다. 마우스를 끼워 보아도 역시 마찬가지로 자판의 커서는 움직인다.

툭툭 튀어 오르기도 하고 뜀뛰는 커서 때문에 제 맘대로 글이 쓰지는 이놈의 컴퓨터다. 버리든지 해야 하는데 여기서는 불가능한 것 같다. 내일 포맷을 하던지 자판에 문제가 있는 것 같기도 하다. 글을 쓰다가 저장도 하지 못한 채 중단되는 불편함도 겪는다. 던져 버리고 싶지만 여기서 유일한 내 친구이다. 불편하나마 없어선 안 되는 컴퓨터라 답답하다.

이 마트에서 모자 하나를 샀다. 금액이 3,000원 찍혔다. 자주색 하나 더 싸올 건데, 내심 만족한 쇼핑이었다. 주남 집에 있었으면 생선 한 마리를 구워 먹는데도 눈치가 보였을 법한 일이다. 남편이 생선을 싫어했기 때문이다. 좋아하는 음식은 밀가루로 만든 음식을 좋아했기에 단백질이 부족했을 수도 있다.

제주는 해물이 풍성한 동네이기도 하다. 9,900원짜리 갈치 한 마리는 혼자 먹기가 딱 알맞다. 오늘은 부세 조기 3마리에 9,900원을 주고 싸 왔다. 소금간이 약간 덜 돼서 그런지 심심하긴 했지만, 생선을 오랜만에 먹어서 거뜬히 한 마리를 먹을 수 있었다. 친구도 떠났고, 혼자 휴일을 보내고 있을 남편이 궁금하여 전화해본다.

전화기에서 흘러나오는 소리가 밝지 않은 목소리로 제대로 되는 일이 없다고 투덜거린다. 통장도 없고 내용증명 보내기가 쉬운 일이 아니라고 짜증 섞인 목소리가 신경질적이다. 조금 일찍 시작한다고 빨리 끝날 일도 아니고 기다리라고 말했다. "무슨 일 있으면 전화하세요." 하고 끊으려는데, "너한테 전화 할 일 없다."며 끊어버리는 말에 황당하다.

저녁을 먹고 누워 있는데도 통화중 신경질적인 그 말이 거슬린다. 혼자 오만 가지의 생각이 겹쳐서 몰려왔다. 무엇 때문에 언제부터 저 사람이 나를 대하는 태도가 저랬지? 이해하지 못할 행동 때문에 내 스스로 제주까지 와있는 데도 짜증을 낸다.

이미 신뢰를 져버린 당신이 개의치 않고 내게 막 대하는 언행에 마음이 아프다. 여기 떠나오기 전에 내 마음을 터놓고 이야기했건만 달라진 것은 없다. 못 먹는 술에 두 잔이나 마시며 당신에게 잘못 한 일을 털어놓고 이야기했다. 한 번쯤은 다시 생각해 볼 여지를 달라고 했지만 이미 늦어버린 일이라고 말했다.

당신에게 내 진심을 전해도 이해되지 않는 당신을 두고 3시간 만에 짐 보따리를 싸서 떠나왔다. 벌써 17일이란 시간이 지났음에도 조금도 이해해주려고 하지 않는 모습이 보인다. 집에서 생각해본 일들이 내가 오면 집을 비우겠다는 일념으로 있는 거 같다. 이제 더는 나의 잘못은 뉘우침에 불과할 뿐이란 것을 잘 알고 있다.

어머님의 집으로 나가서 살아보겠다는 말에 예전 같았으면 어머님이 아실까 두려워 쉬쉬했을 당신의 얼굴이 떠오르며 "그렇게 하세요. 마음 편한 대로 하세요." 라고 말할 수밖에 없었다. 지난 시간이 회상되며 힘들었던 시간도 떠오르고 당신과 함께했던 13년의 일들이 스쳐 간다. 하지만 서로 미운 마음은 갖지 말고 떠나던 다시 합치든 해 볼 생각이다. 세월이 가야 정리될 시간이란 것을 알지만 마음이 많이 복잡한 시간이다.

친구와 둘이서 서로의 이야기를 하고 있을 때는 그래도 즐거운 시간이었다. 혼자 있기만 하면 무기력해지고 하고 싶은 일이 없다. 누워도 잠이 잘 오질 않는다. TV를 이리저리 돌려 봐도 맘에 드는 프로가 없다.

미국 샌디에이고에 집을 사고 수리 중인 아들에게 틀린 시차이지만 문자를 보내봤다. 4살짜리 손자가 이제 미국말을 곧잘 하는 영어 동영상을 보고 싶어 보내 달라고 말했는데 며칠이 지나서야 보내준다. 침대에서 노는 손자 얼굴을 사진으로 보며 제주에서의 밤도 깊어 간다.

선이가 오기 전에는 혼자 완전 소등을 하지 못했다. 친구 덕분에 소등을 할 수 있게 됐다. 어둠 속에 와이파이 불빛만으로도 화장실 정도는 다녀올 수 있을 정도로 밝기 때문이다. 아무것도 하지 않을수록 더 빨리 시간은 간다. 오늘 종일 집에서 뒹굴뒹굴해도 지겹지 않게 시간은 갔다. 선이를 배웅하고 집으로 와서 조용히 하루를 보냈던 날이다.

김해 공항까지 마중 나온 남편과 집에 잘 도착했다는 문자를 받았다. 여기 오던 날은 반가웠고 떠나는 날은 남아 있는 자의 쓸쓸함이 오랜 시간동안 머물러 있었다. 혼자 오롯이 보내겠다던 내 마음과는 달리 친구가 왔다가 간 자리는 긴 시간 동안 허전함이 머물러 있었다.

제주의 2월은 하루가 멀다 않고 아침저녁으로 매시간 변화무상한 날씨이다. 바람이 거세게 몰아치는가 하면 구름이 한라산을 휘감아 주변으로 내려 안기도 한다. 날씨 변화도 인간의 마음과 비슷하다. 잘살아 보겠다고 약속하고 아내는 남편을 위해 최선을 다하고 흰머리가 파 뿌리가될 때 까지 살겠다고 주례사의 말에 크게 답변했던 내가 아니던가?

고통받았던 지난 시간이 떠오른다. 주먹질 당하고 시간에 구속당하고 살았다. 취조하는 듯한 남편의 의처증이 심해지면서 하루가 멀다 않고 싸움도 했다. 그 시간이 지옥 같아서 이별을 감행했던 나였다. 그런 내가 지금 이 자리까지 와있는 것은 또 무엇이란 말인가? 두 번째 이혼은 감당할 수 없는 내 몫인데 홀로서기 연습을 하는 현실이 안타깝다. 누구와의 대화도 단절한 채 오로지 시간에 맡겨둔 지금 현실이다.

친구와 이야기하고 마음을 터놓을 때 그 순간도 후회가 되어 돌아오는 시간이기도 하다. 인생이란 정답이 없다고 늘 생각해왔음에도 외로움이 지배하는 순간엔 내가 홀로된 기억이 되살아나곤 한다. 나에게도 혈육이 있다. 엄마가 있고 동생이 있고 오빠가 있음에도 누구 한 사람 나에게 힘이 되어 줄 그 누구도 없다는 사실이 나를 괴롭힌다. "내 인생은 나의 것" 한때 이 말을 카카오톡 알림말이 되기도 했던 때가있었다. 현실을 부정하지 않고 받아들였다. 그러했기에 처음 남편과는 너무 다른 사람과 행복한 일상을 꾸릴 수 있었다.

비록 그것이 관용이 아니고 방관이었더라도 난 달게 받아들인다. 내 마음에 갈등이 일어난다. 이대로 살 것인가? 아니면 헤어질 것인가? 왜 나에게만 이런 현실이 두 번이나 겪는지 무엇을 잘못하고 있었단 말인가? 일에 빠져있고 미쳐있었던 시간이 십수 년을 지탱해오는 힘이었나 보다.

현실이 어렵고 시간이 많아 서로를 이해하지 못하는 지경에 다다르고 보니 내 헛점도 남편에게 보였을 테고 남편 하는 일이 모두 마음에 들지 않았던 시간인가보다.

마음도 허하고 친구가 떠난 자리 또한 허전하지만 이대로 끝낼 수 없다는 용기도 가져본다. 한 달 살기를 마치면 어떤 시각으로 다가올지 그 시간을 기다려 보기로 하며…….

제4장

제주를 담다
제주를 닮다

나를 위한 흰 밥

　오작교 전통찻집에는 전통 비빔밥과 발우 수제비가 주 품목이었다. 어릴 적 엄마가 끓이던 대추차 내림을 어깨너머로 배웠다.　사찰에 종사하면서 불교 용품점에 작은 찻집을 겸했던 실력으로 TV 맛사냥에 방송되었다. 내가 잘 만드는 차 중에 으뜸으로 꼽는 대추차다. 전통차라고 대표적으로 말할 수 있는 쌍화차를 비롯하여 비빔밥엔 말린 산나물, 시금치, 도라지, 고사리, 당근 채 볶음, 버섯, 콩나물, 다진 쇠고기, 볶음 고추장, 계란지단, 다시 물에 볶음 나물과 볶음고추장의 어울림이 맛을 내주는 비빔밥이었다.

　남편은 만날 때부터 당뇨 환자였다. 조미료 들어가지 않는 나물 비빔밥을 두 달이나 먹었지만 질리지 않는다는 말을 듣고나서부터 남편을 위한 식단으로 돌아가 있었다.

　내 어린 시절의 기억속엔 보리밥이 전부였다. 사랑채 할아버지 밥상 물릴 때면, 흰쌀밥을 먹기 위해 할아버지 밥상을 내오든 추억이 있다.

중학교 다닐 때 도시락에는 보리 혼식을 주장했지만 100% 꽁보리밥 도시락이던 나에겐 보리 혼식이 의미 없었다. 그나마 한창 뛰어놀던 시절이라 보리밥도 소화가 잘되는 건강한 체력을 타고났다. 하교해서 한 시간을 걸어오면 허기진 배는 저녁밥 하려고 보리쌀 삶아 올려둔 시렁대 소쿠리 보리밥을 내려 찬물에 말아 먹었던 나였다.

간장 한 숟가락과 보리밥은 목에서 꿀꺽 소리가 날 정도로 배불리 퍼먹고 나면 그때서야 엄마 생각이 난다. 모내기하는 엄마를 찾아 뒤뜰 다랑논으로 달려가면 저녁때 다되어 뭣 하러 오냐하면서도 남은 논에 모내기는 도와 달라시며 저녁 지으러 가셨던 어머니. 잔 다랭이 논 모내기 마치면 늦은 저녁때가 된다.

저녁밥 지으러 오셨던 어머니 나를 보자마자 소리치셨다. "보리쌀 삶아 놓은 저녁밥 거리 반소 쿠리나 먹어 치워 버렸냐?" 온종일 주린 배 움켜쥐고 일하신 엄마, 엄마의 저녁밥이 없는 줄도 몰랐던 철없던 어린 시절 이었다.

저녁밥상 드려놓고 대청마루 끝에 누워 계시던 울 엄마, 가마솥에 둥둥뜬 보리 누룽지 물바가지에 떠마시던 어머니셨다. 아픈 손가락 더 아프다고 늘 내 걱정만 하시던 어머니셨다. 쉽게 뵈러 갈 수 없는 현실을 만들어 버린 내 스스로 야속해진다. 제주 한달살이 시작하던 날부터 난 온통 나를 위한 흰 밥 짓는다. 잡곡 한 톨도 넣지 않는 흰밥에다 고추 장아찌 하나, 김치 한 가지만 있어도 배불이 먹을 수 있을 정도로 난 흰밥을 좋아했다.

나보다 더 남편을 생각했던 밥상엔 항상 현미 찹쌀과 콩을 넣은 절반의 잡곡밥이었다. 선천적으로 타고날 때부터 약하게 타고난 위장임에도 날 위한 흰밥보다는 남편을 먼저 생각했다. 고구마만 먹어도 신트림이 났다. 감자, 밤,

잡곡, 보리밥, 신맛 나는 과일도 위에 부담이 갔다. 커피도 내 입맛엔 맞지 않았다. 47세에 남편을 만나 50대엔 몸무게가 많이 불어 있었다. 왜 그런지 이유를 몰랐다. 갑상샘암으로 찾아온 후유증인 줄로만 알았다.

제주도 한달살이부터 나를 위한 흰밥을 짓게 되었다. 하루 두 끼 먹고 체중 조절하면서 부터 서서히 체중이 줄기 시작했다. 국토 종주 그랜드 슬램을 마치고 난후 지금은 체중 13kg 감량에 성공했다. 남편을 처음 만날 때만큼 몸무게를 유지 할 수 있었던 것은 나를 위한 흰밥을 짓고 나서부터이다. 당뇨에 좋은 밥은 위가 좋지 않은 나에겐 맞지 않았었던 것 같다.

두 식구가 살지만, 남편을 위한 현미밥은 미리 지어 냉동실 보관하며 몇 개월을 지속했었다. 남편 또한 뱃살 빼기 위해 독소 제거를 하고 난 뒤의 후유증이 왔다. 당뇨약을 끊겠다던 의지는 물거품이 되었다. 14년을 당뇨 환자로 만성질환이 되어 버린 지금은 시력장애가 나타나 다시 병원에 레이저 치료 중이다. 2002년 혼자가 되었을 때 북정동 원룸에서의 생활이 떠오른다. 혼자 있긴 하였으나 혼자 먹는 밥을 애써 지어보진 않았다.

그땐 하늘을 바라보기조차도 힘든 시기였다. 어두워져야 집 밖을 나올수 있었던 시간이었다. 동생이 끓여다 주던 추어탕이 전부였고, 제일 쉽게 끓여 먹었던 것이 자장면이었다. 일인 배달음식도 시키기 어려울 때였다. 그땐 누군가가 옆에 있어서 밥이라도 함께 할 수 있는 사람이면 좋겠다고 생각한 적이 있었다.

혼자 식탁에 앉아서 썰렁한 밥상을 마주할 때 보다 둘이 있으면 무엇을 먹어도 행복했던 시간이 많았다. 남편이 늦게 들어와서 저녁을 달라고 해도 불평 없이 해줬다. 술이 만취가 되어도 국수를 좋아했던 그는 연주표 국수를 최고로 손꼽아 주던 남편이었다. 그런 남편이 졸혼을 원하고 있었고, 애정 없는 삶을 살고 있었다니 치명적인 아픔이 아닐 수 없다.

　제주에 도착한 첫날 밥상사진을 찍었다. 주인집에서 가져다준 작은 밥상에 흰쌀밥과 고추 장아찌, 김치. 간단한 김칫국으로 저녁상을 마주하고 있었지만, 이별을 예고하던 남편 생각은 애써 지우려고 노력했다. 첫 번째 이혼으로 북정동 있을 때와는 또 다른 시간이었다. 내일 나에게 어떤 시간이 주어질지라도 제주의 한 달 살이는 취미로 길들여진 카메라로 사진 찍기와 함께 병행될 것을 예감했었다. 길고 긴 시간을 돌아 다시 일 년 전이 되어버린 2020년 며칠째 냉전 중인 남편과는 얼굴을 마주하기가 힘들다. 나를 위한 흰밥을 지어놓은 지 하루가 지났다. 온종일 머리 싸매고 누워 있기보다 차가 있는 날은 바람을 휙 세고 들어 왔다.

　아점은 밖에서 먹고 저녁 시간이 좀 빠르게 집으로 돌아와 자신을 돌아보며 누웠다 일어난다. 저녁 약을 먹기 위해서는 저녁을 먹어야 한다. 큰 방문 닫고 들어간 남편에게 저녁을 함께하자고 하고 싶지 않다. 나에게 뼈아픈 소릴 하는 남편이 미웠다.

　아직은 흰밥 한 공기와 김장김치, 별로 좋아하지 않은 파김치와 간장소스 옆에 놓고 김과 밥을 마주한다. 혼자라는 사실을 실감해본다. 이미 찾아와버린 혼자만의 밥상엔 새삼 새로울 것이 없다. 14년 전으로 돌아가 본다면 지금이 훨씬 숙련된 혼자 밥 먹기다. 애써 힘들어하고 싶지도 않았다. 주어진 대로의 생활에 길들여가는 삶이 되고 싶었던 탓인지, 숟가락 소리도 내지 않은 채 공깃밥 한 그릇 뚝딱 먹고 내 방으로 들어와 버렸다.

　시간의 여유가 너무 많다. 알바천국 사이트를 아주 긴 시간 뒤적여 본다. 61살이라는 나이가 쌓여온 밥 숟가락만큼이나 많은 나이인가보다 모집하는 곳마다 60세 이하라고 나온다. 작년쯤만 해도 자신만만했던 일자리였는데 막상 일해야겠다고 마음먹고 찾아보니 나를 원하는 곳은 거의 없다. 택배기사 모집 나이 무관, 경력 무관, 학력 무관이라고 나온 곳을 간단히 인터넷 접수를 해본다. 오전 8시부터 오후 6시까지 주5일 근무라고 나온다. 대표로 있던 내 회사 정리 후에 봉착된 현실이다. 혼자 먹는 흰밥, 함께 먹는 밥, 밥걱정을 해야 할 만큼 변해 있는 내 삶이다.

삼 년을 아무 생각 없이 놀았던 것은 아니지만 이렇게 빨리 현실 걱정을 해야 할 만큼 위기가 올 줄 몰랐던 자신이 밉다. 가정사 걱정도 않고 혼자 날갯짓하는 남편을 위해 모든 것을 던져 놓았던 시간이 후회로 밀려오는 지금이다. 늦었다고 느낄 때가 가장 빠를 때라는 말도 있지 않은가? 정신 바짝 차리고 육십에는 어떤 일을 해야 하는지 생각해볼 차례다.

혼자 먹는 밥에 외로움을 담고, 슬퍼하고, 노여워한다는 것은 아직도 호사스러운 생각일 뿐이라고 말하고 싶다. 운명적인 헤어짐과 숙명적으로 버텨봐야 할 자신과 싸움에서 꼭 이겨서 혼자서도 잘하고 싶은 마음이다.

용기 있게 혼자서 오작교 전통찻집을 차렸을 때 그때처럼 내가 할 수 있는 일 어떤 일이 던 찾아서 이 난관을 잘 헤쳐 나가봐야겠다. 아들, 딸은 스스로 잘 자라서 내 곁을 떠난 지도 오래됐다. 내 한 몸 건강하게 잘 살면 되는데 무슨 걱정이 이리도 많은지 혼자면 어떤가? 둘이 있어도 정신세계까지 함께 할 수 없는 현실이 아니던가? 육십 년 살아오며 가장 잘할 수 있는 것을 찾아 어떤 일이라도 해봐야겠다고 용기 내어 보련다.

또 다시 사찰 공양 간에 밥 짓는 공양주가 되더라도 대중을 위하여 그 자리에서 최선을 다해보리라. 다짐하는 날.

돌하르방 옆에서

한림공원에 수선화가 피어서 예쁘다는 소릴 들은 것은 정숙 동생이 제주 오던 날이었다. 아들과 함께 찍은 행복한 사진을 보고 나서 제주를 떠나기 전에 꼭 가봐야겠다고 생각했다. 늘 하던 것처럼 아침 겸 점심을 먹고 한림을 나섰다. 주머니에 요플레 한 병을 넣고 보리차 같은 커피를 텀블러에 담고 내비게이션을 켜본다. 20여 분밖에 걸리지 않는 공원을 가본다.

제주에 와있는 동안 가장 맑고 좋은 날씨 덕분에 한층 봄기운을 느끼며 공원에 도착했다. 어른 12,000원 입장료가 꽤 비싼 편이다. 한림공원 안내서를 하나 들고 관람로를 따라 걷는다. 아열대 식물원 안에는 내가 제일 싫어하는 뱀이 보인다. 뒤돌아보지 않고, 앞만 보고 빠져나왔다. 산야초 길을 따라 요소마다 빠지지 않고 둘러본다. 수선화도 예쁘게 피어있고 매화꽃도 피었다.

완연한 봄기운을 느끼며 걷고 있는데, 어떤 모녀가 사진을 부탁한다. 카메라를 메고 다녔기 때문에 나를 작가로 착각하는 것 같다. 정성껏 여러 장을 찍어줬다. 자유로운 모습의 스냅사진, 모녀가 바라보며 대화하는 모습, 크게 사랑 표시, 꼬마 사랑 표시, 등으로 만족해 할지 모르겠으나 최선을 다해서 찍어드렸다. 정말 감사해 하는 딸이었다. 그런 모습을 보며 내 생각을 해보았다.

난 딸과 함께 지금까지 인생 최고 장면을 찍어 본 일이 없었던 거 같다. 2018년 설악콘도에서 함께 지내기도 했지만, 사진으로 남겨진 추억은 없는 것 같았다. 지금은 사위 따라 손자와 싱가포르에 있다고 휴대전화로 사진을 보내왔다.

혼자 걷다 보면 보고 싶은 사람도 많다. 딸도 아들도 손자도 가족 단위로 여행을 온 사람이 가장 부럽다. 헤어질 때 엄마의 자격을 포기했던 나였기에 더욱더 아픈현실이다. 천천히 발길을 돌리며 돌하르방, 나무분재, 협재굴, 쌍룡굴, 황금굴,을 지나온다. 종유석들이 여러 모양을 하고 있었다. 혼자 평일에 왔으면 무서운 생각이 들 뻔했다. 다행히 휴일이라 관광객이 많아서 굴속은 잘 돌고 나왔다.

제주 석 분재원도 들리고, 재암 민속마을에 들어왔다. 아점을 먹고 나왔지만 10만 평 규모를 둘러보려니 배가 고파왔다. 메뉴판을 쭉 훑어보았는데 녹두부침개가 입맛을 도와줄 것 같았다. 한참을 기다리는 동안 창밖에서 녹두전을 먹고 있는 가족도 찍어 보았다. 녹두전을 사진으로 남기기도 하며 제대로 즐기는 법을 익히고 있다.

녹두가루로 전을 부치는 줄 알았는데 숙주나물로 전을 부쳤다. 식감이 풍부하긴 했으나 부드럽지는 않았다. 혼자 음식을 음미하며 잘 먹었다. 감사인사를 남기고 나섰다. 나를 돌아보는 시간 제주에서 한 달 사는데 한 번쯤은 방문

해줄 거라고 믿었던 남편, 그에 대한 기대가 너무 컸나 보다.

모든 것이 나로 인하여 일어난 일이라고 생각해보지만 가끔은 원망도 해본다. 물소리가 크게 들린다. 인공폭포도 보이고 오리 떼들이 자유롭게 노니는 모습도 보였다. 주남저수지 그 많은 오리 떼들과 겨울 철새들이 오지만 한 번도 새들을 자세히 담아 보려고 애쓰지 않았는데 두 컷만 찍는다. 200mm로는 세밀히 담을 수 없다는 핑계를 대며, 움직이는 물체를 자신 있게 담아 본 적이 없다고 해야 바른말이다.

모이 주워 먹는 참새들도 몇 컷 담았다. 마음에 들진 않지만 어쩌다 보면 한 컷 정도는 쓸만한 게 있을지도 모른다. 십만 평 규모를 그의 다 돌아보고 나오는데 개척 관이 눈에 들어온다. 이곳엔 여기를 다녀간 위대한 분들의 모습이 담겨있는 역사관이다. 한림공원을 처음 개척했던 장면들이 수록되어 있었다. 세밀히 들여다보며, 걸어 나왔지만 머리에 남아 있는 것이 없는 나이다. 글을 쓰면서도 사부 작가님의 특강 때 이야기가 귓전을 맴돈다.

"자신이 글 잘 쓰는 작가라고 착각하며 항상 100%를 원하기 때문에 출간을 못 하는 것이다. 60이면 60에 만족하라 그것이 자신에겐 백을 달성하는 목표다."

맞는 말씀이었다. 내 글쓰기 수준이 여기까지인데, 늘 잘 쓴 사람의 글을 탐하고 부러워하기 때문에 나만의 글이 되지 않는 것 같다. 10만 평 규모를 천천히 걷다 보니 5시간 이상을 논 것 같다. 공원종료 시각 한 시간 정도를 남겨두고 정원 입구에 한복 대여관으로 가본다.

마네킹에 걸려있는 작품들이 늘 봐오든 한복집 색상과는 다르다. 고상하고 품위 있는 나만의 색감에 매료되어 문을 연다. 한복 바느질을 하고 있던 사장님이 반겨준다.

"어서 오세요. 여기는 한복 대여점입니다."

"네, 구경 좀 해도 되죠?"

"그러세요. 어디서 오셨어요?"

"네, 창원에서 왔습니다."

"제주 한 달 살기 중에 오늘 한림공원이 좋다고 해서 구경 왔어요."

"잘하셨네요. 어떻든가요?"

하며 시작된 이야기가 뭐 하시는 분이고 언제 왔느냐며 호구조사가 이어졌다. 밝은 인상으로 물어보는 사장님.

"나이는 어찌 되셨나요?"

"아마 제가 언니로 보이는데요?"

여기 분이 아닌 것 같은데 어찌 이런 생각을 하셨나요?

그분도 제주 한 달 살기를 두 번 하고 나서 내린 결정이란다. 청담동에서 한복 집 경영을 몇 십 년째 하고 있었는데, 제주도 여행 왔다가 좋은 것 같아서 결정한 일이라 한다. 그분의 인연이 있는 분께서 한복을 하고 있었는데, 이벤트로 한복대여점을 해보라는 권유를 받았다고 한다. 아들과 남편은 서울에 두고 제주로 내려온 지 8개월째 접어든다고 했다.

삶이란 언제 어느 시에 변화가 있을지 모르는 일이다. 운명은 정해져 있는 것인데 모르고 살아갈 뿐인 것 같다, 한복 대여도 해주며 책상에 놓인 카메라로 손님이 대여한 한복사진을 직접촬영도 한다. 통 속명을 해보니 나보다 6살 적은 66년생이라며 해맑게 웃음 짓는 사장님, 차 한 잔 권했지만 조금 전 인생 최고 장면을 찍어주고 내려오다가 포장에서 매화차 한잔을 먹었다고 했다.

내 커피는 텀블러에 들고 다녔다. 약간 쭈그러진 밀감을 정으로 내놨다. 집에 한 상자 있어서 지금은 먹고 싶지 않다고 했다. 사실은 조금 전에 녹두전까지 먹었다는 말은 안 했다. 제주도 8개월 살면서 외롭지는 않은지 물어보았다. 괜찮다고 한다. 지금은 서울을 편하게 다녀올 수 있는 저가 항공이 있어서 좋단다. 비 오는 날엔 공원에 한복 손님이 없어서 자주 서울을 간다고 했다.

제주도 오기 전에 한복집을 경영했다는 솜씨로 애써 손바느질을 하며, 수공예품을 만들고 있는 사장님의 모습이 무척 여유로워 보였다. 미술을 전공한 미대 출신이지만 시집 온 후로 한 번도 그림을 그려 보지 않았다는 그녀는 서울 청담동에서 살다가 한복집을 옮겨와 대여점을 하는 이 인연이 무엇일까? 곰곰이 생각해 봤다는 그녀는 또 다른 아이템이 있다고 한다.

한복을 연구하고 손수 한복짓기로 섬유에 대한 해박한 지식이 엿보였다. 비단에 그림을 그려 국내외 유명 인사들이 오시면 한복을 알리는 일을 하고 싶단다. 우리 고유의 한복천에 그림을 그려 손쉽게 사 갈 수 있게 하는 방법, 비단에 아름답게 그린 아이템으로 작품을 선보일 날이 얼마 남지 않았다 한다.

한가로운 자기 시간이 많아 퇴근 후 그림 작업에 몰두한다는 사장님의 얼굴에 환한 미소와 긍정적 심리는 희망이 보였다.

비록 짧은 시간에 마음을 열고 대화했다. 오래 제주도에 살지 않으나 카톡 친구를 원하며 명함을 내밀었다. 서툰 초보 작가이지만 책을 두 권 보내 주겠다는 약속과 함께 대여점을 나오며 또 다른 인연과 만남에 행복한 시간을 가져보았다.

해월정으로 발길을 옮긴다. 서쪽 하늘이 곱게 물들며 해는 뉘 엿이 지고 있었다. 6시가 되기 전에 집에 도착한다. 불타는 듯이 산 방산 오른쪽 노을 빛이 농염을 토한다. 제주에서 가장 고운 날인 것 같아 화순 금모래 해변으로 달려간다. 산방산이 가려지고 해가 보이지 않는 안타까움에 부둣가의 닫혀있지 않는 문으로 돌진한다. 산 방산 앞쪽 긴 등대가 보였다.

해는 반쪽만 남기고 넘어가는 찰나의 순간을 아쉽게나마 포착해본다. 해넘이가 시작되면 그만큼 초순간에 지고 만다. 이토록 급하게 시간이 가고 있음을 인식하지 못한 채 늘 느린 발걸음으로 살아가고 있음이 순간 느껴졌다.

일몰의 노을빛 담긴 바다를 보며 아쉬운 마음에 돌아올 수 없어 한참 여운을 즐기고 있는데, 쾌속정 한 척이 소리를 내며지나간다. 저만큼 멀어지는 순간을 차 속에서 담아 본다. 아쉬운 대로 봐줄 만한 컷을 건졌기에 집으로 온다. 아직 며칠 남았는데 제주살이는 마치는 순간까지 좋은 날, 일몰이 한 번쯤은 고왔으면 하는 바람으로 집으로 온 날이다.

어디를 가던 내 먼저 인사하고 아는 척해 주고 내가 가진 장점을 살려 타인을 즐겁게 해줄 수 있는 날이어서 행복한 시간이었다. 인생 최고 장면이라고 즐거워하며 몇 번을 인사하던 모녀와 오늘의 끝자락에서 마주한 한복집 사장님 기억에 남길 수 있도록 전화번호까지 준 그분에게 감사한다.

한림공원에서 찍어온 수선화며, 선인장, 참새, 매화나무, 등을 이동식 저장소에 보관해보며 저녁을 준비한다, 미리 끓여 놓았던 굴 미역국과 마른김구이, 땡고추 간장, 콩잎, 젓갈과 시금치나물, 오늘은 과하게 걸었던 탓인지 저녁밥이 맛있는 제주의 저녁이다. 이제 며칠 남지 않은 날들과 생각을 정리해보는 시간을 가져 보기로 하며.

성산 일출봉

눈을 떠서 벽에 걸린 약천사의 달력을 본다. 제주도 생활이 벌써 21일째 시작을 알린다. 날씨는 흐리고 미세먼지가 58%로 아주 심한 상태라 외출을 삼가야 한다고 나와 있다. 식전 신지로이드를 먹고 꼭 차한잔을 마신다. 아침 식후 먹는 약은 공복과 상관없이 잊어버리지 않기 위해 시간이 되면 먹어준다.

천천히 출발을 위해준비를 하고 있는데 원룸 주인께서 노크를 한다. 제주 생활 시작 무렵 방에 들어오자마자 화장실 악취가 심했었던 이야기를 주고받은 지 2주일은 된 것 같은데 오늘 화장실 변기를 새로 보수한단다. 주 남에서 준비해온 차, 3년 숙성된 생강차 한 잔을 드렸다. 주인님의 공사감독으로 난 한림공원을 가보기 위해 나선다. 집을 나서 운전대를 돌리는데 갑자기 행선지를 바꾸고 싶다.

늘 혼자라서 아무런 눈치를 보지 않아도 좋은 것은 행선지를 아무 때나 바꿔도 되는 일이다. 제주에서 가볼 만한 곳을 검색하면 곶자왈이란 곳이 나온다. 곶자왈은 무슨 뜻일까? 쇠소깍처럼 다른 말뜻이 있을 것 같다. 곶자왈 "원시림"을 제주도 말로 한 것이다. 네이버를 찾아서 알았다. 원시림을 찾아 나서는데 곶자왈 생태숲까지 한 시간 거리에 있었다.

중문 쪽을 자주 지나다 보니 집 앞 같은 느낌으로 달려간다. 1137도로는 한라산 기슭을 끼고 돌며 가고 있었다. 큰 도로를 가다 차들이 급격히 많이 주차된 곳에 정차했다. 샤르니 숲길이라고 나왔다. 그곳을 꼭 가보고 싶었는데 숲길이라 혹여 많은 사람이 없으면 무서운 생각이 들어 망설여 왔던 곳이기도 하다. 입장료도 없이 많은 차가 서있는 곳에서 카메라를 메고 내렸다.

숲속 오솔길엔 멍석 같은 자리를 깔아 두었다. 사진 찍기에는 너무 많은 사람들이 있다. 간혹 사진기를 메고 삼각대를 펼쳐서 자연을 찍는 분도 계셨다. 시간상 숲속에 들어오는 빛이 좋았던 거같다. 몇 장을 찍어 선생님께 핸드폰으로 보냈다. 길을 많이 깊게 나오게 찍으라신다. 생각보다 쉽지 않았지만 몇 장을 담고 1km정도를 걸었다. 울창한 숲을 걸어 나오며 난 또 이런 생각에 잠겨본다.

2018년 남편과 비자림을 걷던 생각을 해 봤다. 함께 손잡고 걷다가 이야기하다가 서로를 의지하고 믿음으로 지냈던 시간이 있었는데 어쩌다 이렇게 혼자만의 시간을 가지게 되었을까? 나를 반성해보는 시간이기도 했다. 숲을 거닐고 있는데 대구 사진 배틀 동생이 전화가왔다. 제주에서 생활하려면 어떻게 해야 하는지 물어본다. 마음만 먹으면 언제든지 시행할 수 있는 일들이고, 요즘 인터넷 정보가 너무 잘 나와 있어서 별문제 없을 거라 말했다.

이제 사진 배틀에서도 나를 지웠다. 인연이 되어 몇 년을 함께 했던 그 시간을 정리하고 싶은 마음이 컸기 때문에 아무 생각 없이 탈퇴했다. 또 어떤 인연으로 다른 사람들과 어울림을 할수 있을지 모르는 일이다. 내 마음에 생각이 머무는 곳을 택하리라 마음먹었다.

대구 동생에게 지금 살고 있는 원룸을 추천해 주고 싶었다. 어슷한 골목 거리도 아니고 해월정이라는 맛집 이층이다. 혼자 머물수 있는 좋은 위치다. 창천 사거리에서 조용한 편이고 제주 어디를 가드라도 한 시간이면 동서남북을 다 돌 수 있는 곳이기에 편리성이 있다고 말했다. 좋은 집 예쁜 정원이 있는 곳은 아니지만 나가면 좋은 곳은 얼마든지 구경할 수 있는 이곳이기에 가격 대비 효율성이 있는 곳이다. 이제 남은 시간 일주일 정도 남겨놓고 샤르니 숲길을 나와 곶자왈로 향했다.

도착하고 보니 이미 와 본 곳 혼자서는 원시림을 한 바퀴 돌 자신이 없었다. 화장실만 다녀와서 인적이 드물지 않은 곳을 선택했다. 성산 일출봉 언젠가 꼭대기까지 오르긴 했다. 다시 한 번 가고 싶은 생각에 그곳으로 돌렸다. 또 다시 30분을 간다. 길가에 예쁜 유채꽃들이 만발한 밭에는 입장료 천 원을 받는다. 제주 어느 곳을 가드라도 입장료가 있다. 인위적으로 만들어 놓은 자연 속의 포토존 남들 다 찍는 뷰에선 그냥 지나치기로 했다.

성산 일출봉을 오르려고 주차했다. 자판기에서 입장료를 카드로 계산하고 혼자 길을 오른다. 누가 오르라고 하지 않았고 꼭 가봐야 할 이유는 없지만, 마음이 시키는 오늘에야 다시 오르기로 했다. 인파가 많았다. 관광명소여서 마이크로 흘러나오는 소리는 중국어로 안내하는 이야기만 나왔다.

여기가 한국이 아닌가 하는 생각이 들 정도로 중국인이 많았다. 가끔 나와 같은 소리를 내는 사람의 목소리도 들려왔다. 반갑다고 인사할 만 한 사람도 없었다. 혼자 아니면 둘 서로가 사진을 찍어주는 사람들, 요즘 셀카봉이 잘되어 있고 핸드폰도 화소가 엄청 높으니 삼각대를 이용하여 셀카를 찍는 사람이 많다.

계단으로 오르다 뒤를 돌아서서 습지 코지 쪽도 내려다보고 우도 쪽도 바라다본다. 한참을 오르다 보니 눈에 익숙한 바위가 들어왔다. 아~이곳은 내가 올라왔었구나. 23기 원우들과 제주도 왔을 때는 일출봉 끝까지 오르지 못했다. 대학원 동기들에게 등떠밀려 뒤돌아내려 왔던 생각이 났다. 2003년에도 친구와 제주도를 왔던 생각이 났다. 이별의 아픔으로 밤과 낮이 바끼길 기다렸던 그때였다.

첫 결혼 20년을 살면서 제주도도 한번 와보지 못했다는 이유 꼭 혼자서라도 가보고 싶은 곳은 다녀야겠다고 마음먹었던 시절이 있었다. 그 후 제주도를 몇 번에 걸쳐서 왔지만 성산 일출봉은 와봤다는 이유로 오르지 않았다. 해발 180m 높진 않지만 가파른 계단을 걸어서 정상까지 올랐다. 추억이 서려 있는 이곳에서 성산 일출봉 분지를 내려다보며 셀 카도 찍어 봤다.

한참을 그때 생각에 젖어서있었다. 일출봉을 오를 때 흐르던 땀이 식을 무렵 뒤돌아 내려온다. 희뿌연 안개처럼 멀리 우도도 선명하지 않았다. 습지 코지 또한 마찬가지였지만 내려오면서 가끔 사진을 찍었다. 계단을 내려가는 여행객들의 뒷모습과 멀리보이는 한라산, 우도, 습지코지, 등을 찍으며 하산한다.

성산 일출봉 둘레길 모두가 방부 목으로 계단을 만들어져있다. 위험하기 때문에 설치하긴 했겠지만, 자연적인 것보다는 좀 미관을 찌푸리게 된다. 해녀들의 집이라고 쓰인 바다까지 내려가본다. 소라, 멍게, 굴, 해삼, 등을 해녀가 물길질을 하여 따올린 싱싱한 바다내음이 상큼하게 코끝을 찌른다. 홍해삼을 보면서 잠시 생각에 잠겼다.

아이들 할머니께서 위암 말기에 수술을 하려고 모든 가족이 모여 의논하던 때가 있었다. 그때가 2002년 봄이지 싶다. 며느리는 친자가 아니기에 의논 대상에 끼일 수 없다는 이유로 아버님과 자식들만 의논했다. 그해 애들 할머니께서는 수술을 했으면 24시간 간병인이 필요했을 것이다. 지난 일이기는 하지만 그때 시어머니를 간호해야 할 시간이었다면 난 이혼의 위기를 면했을까?

어처구니없는 생각이긴 하지만 시어머니의 병은 위암 말기 환자였다. 음식을 드시면 구토로 제대로 먹을 수 없는 그때 누군가 홍해삼이 민간요법으로 괜찮다하여, 마산 어시장을 줄기차게 다녔던 생각이 난다. 2kg를 사다 드리면 이틀 만에 해삼을 다 드셨다. 죽과 미음을 드실 정도는 되었지만, 끝까지 간병을 하지 못한 채 그 해말 이혼을 하게 된 내 슬픈 삶이었다.

오늘 성산 앞바다에서 홍해삼을 보며 시어머니를 떠올리게 되고, 한 접시 3만원어치를 먹어본다. 목이 메여왔다. 이렇게 질기고 짠 음식을 그렇게나 좋아하셨다니 태어난 곳이 창원 귀산이셨다. 바닷가라 바다 일만 하셨던 터여서 그런지, 해산물을 유난히 즐겨 드셨던 시어머니의 얼굴이 해삼에 투영되어온다. 미역에 쌈을 싸서 먹어 본다. 조금 덜 짰다. 소라는 맛있었다. 혼자 해삼을 한 접시 먹어본 것은 살면서 처음 있는 일이다.

이제 그러기로 했지만 나의 용기에 스스로 잘했다고 위안한다. 해삼을 먹고 있는 동안 해녀가 채집해 온 굴과 해삼 보따리를 풀고 있는 해녀 아줌마를 쳐다본다. 일반인들과 하나도 다를 바 없는 해녀 아줌마 너무 예쁘게 생겼다. 오십대처럼 보인다. 해녀는 귀걸이도 하고 물 길 질을 갔었나 보다.

겨울날 짠물에 오래 있었을 텐데도 어쩜 피부가 저리도 하얗고 예쁘단 말인가? 채집해온 해초류를 지인과 나눠 먹자고 전화하는 목소리엔 투박한 제주말이 알아듣기 쉽지 않았다. 이거 가져가슈강? 가져다주느냐고 묻는 말처럼 들렸다. 해삼을 먹고 따뜻한 온수 한 컵을마시고 나왔다. 집으로 와야 할 시간 오후 다섯 시가 되어 간다. 제주도에 여행와 있는 정숙에게 카톡으로 여행 잘 하고 있는지 물어보았다.

수요 맛집에 나오는 국수를 먹기 위해서 2시간을 투자하여 차 까지 마시고, 광치기 해변으로 올 것이라는 말을 한다. 내려오는 길목이란 것을 확인하고 유채밭의 길가에 주차한다. 흔하디흔한 유채꽃은 그냥 스냅으로 두 장만 담아 봤다. 광치기 해변 파도가 약하고 썰물 때인지 이끼가 많이 끼어 있는 파란 돌들이 널찍하게 깔린 것이 특징인가보다. 바다를 향해 걸어가고 있는데 저 멀리 빨간 스카프를 두른 정숙의 모습이 보였다.

봄처럼 얇은 옷을 입어서 춥겠다고 생각되는데 자꾸만 바다 쪽으로 멀리 들어간다. 아들에게 추억사진을 남겨 주기 위함인가보다. 열심히 폰을 들고 찍는 모습을 200m로 당겨서 몰래 찍고 숙아라고 외쳐보았다. 멀리서 손을 흔든다. 성산 일출봉 바다와 함께 배경으로 몇 컷 담는다.

어딜 가드라도 난 셀카로 인증 샷을 남겼다. 광치기 해변에는 말타기 체험을 하기도 한다. 엄마와 딸 두 마리의 말에 따로 올라앉아 마부가 끄는 모습을 담았다. 뒤에서도, 옆에서도, 멀리 걸어가는 모습까지 괜찮게 느껴졌다. 바람이 너무 부는 바다에서 오래도록 머물 순 없다. 포토맨 김영갑 작가가 말했듯이 제주는 바람이 많아서 남자들이 살기 어려운 곳이라 말한 글들을 보았다.

20여 일을 살았지만 바람이 잔잔하다가도 언제 또 불어올지 가늠하기 어려운 제주 날씨다. 삽시간에 흐리고 겨울 같은 날이라서 가는 길을 재촉하게 된다. 바다 끝에 여인처럼 보이는 남녀가 모델이 되어 준다. 몇 컷을 담고 돌아서는데 숙이가 나왔다. 언니 이곳에서 인증 사진 하나만 찍자. 제주생활 마치고 학교에서 만나자는 인사를 남긴 채 월정리로 향한다는 동생과 난 습지코지에서 헤어졌다. 오늘 혼자서 참 많은 곳을 다닌 거 같다.

창천초등학교를 검색하고 달려온다. 성읍 민속촌지붕은 계량하여 놓았는데 ,동네는 귀신 나올 것 같이 어지려져 있었다. 동네 어귀에서 한 컷만 찍고 집으로 달린다. 한라산 기슭은 갈 때와 올 때 느낌이 여전히 다르다. 이곳 도로는 구간단속 거리가 절반이다. 한라산 정상에 끼인 운무가 예술적일 때가 많다. 오늘은 그냥 내리지 않고 집으로 곧장 왔다.

저녁 6시 20분에 집에 도착했다. 낮에 먹은 해산물로 저녁을 먹으려니 부담스럽고 간단하게 떡국 한 그릇을 먹고 쉰다. 정숙동생이 바람 많은 제주는 자주 오기 때문에 2박 3일이 딱 좋다고 한다. 언니 한 달 살기 지겹지 않냐는 질문에 지나온 시간을 회상해보았다. 처음 며칠은 사진에 미쳐있었고, 며칠은 친구와 놀았다. 또 이틀은 특강을 들었고, 그냥 마음가는 대로 살아보기로 했기 때문에 지겹다는 생각은 없었다.

이제 집에 갈 시간이 점점 카운트다운 되어 온다는 절실함은 있는 거 같다. 남은 시간 동안 지금처럼 마음이 움직이는 데로 마무리 짓고, 내 인생은 내 것으로 승화시키며 항상 마음에 끈을 놓지 않고, 감사한 마음으로 살아보려 한다고 내 마음에 답장을 보내본다.

한라산 1,100고지

제주도에 온 지 오랜만에 날씨가 풀린 것 같다. 창문을 열어본다. 햇살의 따사로움이 느껴진다. 멀리 보이는 한라산에 눈이 녹은 것 같아 집을 나선다. 아점을 두둑하게 먹었다. 전날에 치킨 한 마리를 시켰는데 맛이 없었다. 늘 먹던 동생 집보다는 맛이 덜해 몇 점만 먹고 남겨뒀던 치킨, 몇 조각 통에 담고 밀감을 몇 알 챙겨 나섰다. 항상 돈만 있으면 어디서든 먹을거리는 풍부하지만 준비해서 나가는 그것보다는 못했다.

1,100고지 내비게이션에 찍고 나선다. 26km 30분 정도면 도착한단다. 1,100고지는 처음 제주도에 왔을 때 와본 곳이었다. 눈이 와 있던 높은 산이라 곳곳에 눈이 녹지 않아서 미끄러웠다. 1,100고지 팔각정에 올라본다. 한라산 꼭대기가 눈앞에 있지만, 등산은 꿈꾸지 않았다. 습지 둘레길 15분 돌면 되는 것을 오랜 시간에 걸쳐서 했다. 눈꽃이 핀 곳 사진도 찍으며 혼자만의 시간을 보낸다.

한라산 1,100고지에서 뒤돌아보니 한라산 정상이 눈앞에 보인다. 창원대학교 최고 경영자 과정에서 한라산 등반을 했던 기억이 난다. 산꾼 물개 아우가 포함된 선두주자 다섯 명은 산 오르기를 동네 산책하는 것처럼 사뿐히 발걸음을 내딛는 동생들 따라 돌산을 걸으며 안간힘을 다해서 뒤처지지 않겠다는 각오로 산을 올랐다. 50대의 마지막 발악이었다.

산을 오른다는 것은 쉬운 일이 아니다 매번 산을 오를 때면 내려올 건데 뭣하러 죽을힘을 다해서 오르는지 의문이었다. 긴 시간을 잡고 천천히 산책하듯 오르는 것이 좋은 나는 그날 선두 따라 정상까지 가긴 했으나 하산길에는 뒤처졌다. 무리하게 산행하다 보면 다리에 쥐가 난다. 지금 내 눈앞에 보이는 한라산 최고봉을 앞에 두고도 도전 정신은 멈추었다.

한라산 1,100고지 전망대 안에 여행 기념품 파는 곳에도 구경하는 사람들도 있다.

삼삼오오 또는 가족 단위로 모여서 여행을 즐기는 사람도 있었지만 혼자 다니는 나와 별다를 바 없다는 생각을 해봤다. 카메라가 나의 동반자가 되고, 친구가 되고, 이야기가 되기에 사물을 세밀히 관찰하며 남들이 가지 않는 길을 올라보기도 한다. 1,100고지 뒤편 송신탑 있는 그곳까지 가봤다. 군부대가 있었다. 한참동안 눈의 결정체를 찍어 보기도 하며 시간을 보냈다. 좀 더 올라가보고 싶었지만, 이번 여행에서 규칙을 세운것이 하나 있다

"무서운 생각이 드는 곳엔 절대 혼자 가지 않는다."

라고 마음을 먹었다. 송신탑 뒤쪽을 돌다 보니 발걸음이 떨어지지 않아서 그냥 뒤돌아 내려왔다.

오후 늦지 않은 시간이라 어리목으로 향했다. 4.7km 정도 찍힌다. 어리목은 넓은 주차장이 있었다. 12시까지만 등산을 허락했다. 1,800원 주차료를 내고

편하게 둘러본다. 박물관도 들여다보고 습지도 둘러보며 영상관에서 한라산의 사계가 방영되고 있었다. 오직 중국 관광객들만 있는지 중국어로 영상을 내보내고 있었다.

혼자 2층까지 둘러보며 CCTV 사진도 찍어 본다. 한참을 둘러본 뒤 어승생악 1.3km라는 표지판을 가볍게 여기고 올라가 본다. 가파른 경사도라 힘들고 높게만 느껴졌다. 시작이 반이라고 이미 시작했으니 오르고 또 오른다. 눈이 녹아 질퍽거리는 땅에 비교해 눈이 쌓여 미끄러운 곳도 많았다. 사실 산을 오르는 일을 그만둔지도 꽤 오래됐다.

한국 명산 3대 산은 오르고 그만뒀다. 설악산, 지리산, 한라산을 이미 올랐다. 젊은 오십 대에 혈기로 친구들과 함께한 산들 대청봉을 내려오면서 힘들었던 순간들을 회상했다. 어승생악을 오르면서 혼자 빙긋이 웃기도 한다. 한계령 칼바위 다른 등반인 들은 8시간 걸려서 다녀온다는 곳도, 난 14시간에 걸쳐 뒷동산 놀러 가는 듯이 아주 천천히 다녀왔던 기억이 있다.

오늘 이곳에 나 혼자 카메라를 메고 올랐다. 정상 해발 1,169m 1.3km를 걷는데 에너지 소모는 8km 이상을 걷는 듯이 힘들게 올라왔다. 사방으로 보이는 제주도 앞바다. 눈앞에 보이는 한라산 정상도 파노라마 속에 담아 뒀다. 모녀가 너무 다정스럽게 사진을 찍는다. 내가 찍어드릴게요? 하며 먼저 인사를 건넨다. 몇 컷을 담아주고 나도 한 컷 찍어 달라고 했다. 오랜만에 대화 해본다.

앵글 속에 예쁜 모녀를 보며 내 딸을 생각해보았다. 딸과 난 백화점도 한번 가지 못했다. 어리광부리며 예쁜 옷 사달라고 응석 부리는 일도 없었다. 혼자 엄마 대신 멍에를 지고 힘들었을 딸 생각하니 가슴이 아려왔다. 유명지에도 가보지 못했고, 예쁜 꽃단지에서 같이 찍은 사진 한 장 없었다.

그나마 스무 살 되기 전 어린 시절에 찍어둔 앨범마저 엄마랑 있는 사진은 다 불태웠다고 한다. 엄마처럼 오랜 시간 동안의 연애 끝에 결혼한 딸이지만, 나랑 사위랑 함께 여행해본 적도 없다. 아이 엄마가 된 딸이지만 엄마 곁에서 아이와 하룻밤을 지새우는 일도 해본 적 없는 딸. 사진 속의 이 모녀처럼 다정한 자세를 취하며 엄마 이렇게 해봐 저렇게 해봐, 살갑게 부딪히며 살아본 지가 너무 오래됐다.

앵글 속 모녀를 바라본다. 망원렌즈 안이 무지개색으로 빛나고 있었다. 딸과 함께여서 부러웠다. 서울서 2박 3일 여행을 왔다고 한다. 한 달 살기를 권유했다. 어떤 시간으로 여행을 왔는지 모르면서 나 혼자만의 오만이었던 것은 아닐까? 초콜릿을 건네받고 즐겁게 여행하시라는 인사를 받으며 먼저 내려온다. 미끄러질 듯이 길을 내려오는데 부부가 올라온다.

카메라가 무거울 것 같다며 염려하는 아주머니, 그분이 내 어깨에 멘 카메라를 목 뒤 모자에 걸어주던 섬세한 아주머니셨다. 그분도 사진찍는 것을 좋아했단다. 한때 사진기를 멘 어깨가 너무 아파 지금은 내려놓았다는 아주머니, 그 마음을 알기에 남에게 베푸는지도 모른다. 여행을 다니다 보면 좋은 분들이 많다. 처음 만나도 여행지라는 동질감이 느껴지기 때문인 거 같다.

내려오며 눈이 반쪽만 녹은 나뭇가지도 찍고, 길도 찍으며, 도착했다. 배가 신호를 보낸다. 등이 휘어 배가 등짝에 붙는 느낌이 들었다. 차에 시동을 걸고 가져온 치킨을 먹었다. 게 눈 감추듯이 다섯 조각을 먹었다. 집으로 향한다. 조금 이른 귀가이지만 오늘은 힘든 산행을 해서인지 피로가 몰려왔다.

집에 도착하자마자 매트에 불을 넣고 가눌 수 없는 몸은 씻기도 귀찮았다. 따스한 온기가 온몸에 번져와 잠에 취했다. 한숨 자다 말고 일어났다. 저녁을 먹기엔 늦은 시간이지만 그냥 잠 자기가 허전하다. 따뜻한 생강차 한잔을 먹어본다. 물끄러미 3년 전 생강차를 만들던 때를 생각해보았다.

친구에게 처음으로 생강 10kg을 주문했다. 그해 생강은 1kg 2,500원밖에 하지 않았다. 착즙기에 내린 생강10kg이 7L의 즙이 나왔다. 처음 해보는 생강즙 발효라서 매실즙 담그는 것을 연상해봤다. 생강즙은 너무 독했다. 설탕과 1:1의 생강즙을 넣고 밀봉하여 저온 숙성 냉장고에 넣었다. 처음 해보는 일이지만 담그고 보니 한 번에 좀 더 할 걸 하는 생각이 들었다. 20kg을 다시 주문했다.

생강 자루를 큰 함지박에 넣고 발로 밟았다. 깨끗이 씻어 다시 휴롬에 내렸다. 사실 찌꺼기도 아까웠지만 쓸 곳을 몰라서 집안 텃밭에 뿌렸다. 20kg을 짠 즙이 14L였다. 전과 같이 저온숙성 냉장고에 보관했다. 3년이란 세월 동안 한 번도 열어보지 않았다. 항아리에 넣어둔 지 삼 년이 지나서야 끄집어 내봤다. 색상이 노랗게 예뻤다. 적당히 숙성된 생강차가 탄생한 것이다. 3년 전기세 생각해보면 그냥 팔기엔 너무 아까웠다.

작은 물병 300ml에 담았다. 20개를 담아서 내가 만든 차 맛 보라며, 친구나 지인들에게 나눔을 했다. 아주 소량으로도 생강차 한잔이 된다. 그린stay 주인 아저씨도 귀한 차라고 대접했다. 잠에서 깨어난 저녁시간, 따뜻한 생강차 한 잔에 의미를 부여해본 시간이다. 한라산 1,100고지의 정기를 받고, 어승생악을 둘러본 날이다. 산에서 바라본 제주도를 연상해보았다.

특별한 사진이 담기진 않았지만, 많은 사람이 오르고 싶어 하는 한라산의 사계를 어승생악에서 영상을 통하여 봤다. 가을풍경 사진이 인상적이어서, 가을 단풍시기에 한 번 더 오고 싶다는 생각해보았다. 나에게 머무는 시간이 허락한다면, 딸과 여행하던 모녀 사이처럼 나도 언젠가는 내 곁에서 나를 끝까지 지켜줄 남편과 함께 손잡고 제주에서의 쉼을 기대해보련다.

해변으로 가요

11일 아침은 조금 일찍 움직인다. 전날에 검색해둔 돌 문화공원을 가보기로 했다. 안덕에서 5.16도를 달려 조천읍까지 그의 한 시간 안에는 어디든지 갈 수 있는 여기다. 며칠째 바람이 차다. 돌 문화공원 앞까지 왔는데 선뜻 발길이 떨어지지 않는다. 예전에 남편의 지인들과 함께 이곳을 와본 것 같다. 날씨가 좋으면 한두 시간 둘러보겠는데 오늘은 차에서 내리기가 싫었다. 그냥 돌아서 나오며 함덕해변을 검색하여 달린다.

어딜 가나 처음 가보는 곳이 많다. 함덕 해변은 가까운 거리에 있다. 날씨도 흐리고 추웠지만 함덕 해변 주차장엔 차들이 많았다. 걸어서 해변 앞으로 나왔다. 해변에는 여행을 즐기는 사람들이 많았다. 바다 모래사장에 파도가 왔다간 자리를 찍어 보기도 하며, 해변가 의 좋은 위치에 자리한 커피숍은 많은 인파로 빈자리가 없었다.

바닷바람이 차디차다. 몸 녹이기를 하며 경치 좋은 곳에서 차 한 잔 시켜놓고 여유를 부리는 사람들이 보인다. 바다 끝점까지 가본다. ND 필터를 가져오지 않았지만, 다리 난관을 이용해서 장노출 몇 장을 찍어 보았다. 썩 마음에 드는 건 아니었다. 흐릿하게 파도가 퍼지는 느낌이 괜찮았다.

선생님께 검사 맡을 생각에 기분이 좋았다. 칭찬을 듣기 위한 것은 아니지만 자꾸 해보다 보면 좋은 샷이 나올 것 같아서이다. 해변에 한참 머물렀다. 커피숍의 따끈한 차 한 잔이 생각났다. 카페 델 몬 안에는 주문 대기자가 너무 많다. 내부를 둘러봤지만 앉을 자리도 없고 커피를 많이 좋아하지 않아서 그냥 돌아 나왔다.

하얀 모래사장에 겨울 바다를 즐기기 위한 관광객들이 즐겨 찾는 곳 인가 보다. 이름은 유명세를 치르고 있는 것 같은 해수욕장을 빠져나왔다. 한 군데만 더 들릴까 생각하다가 그냥 집으로 향했다. 2월 11일 월요일 예정 되로 태양광발전소 하나를 포기한 마지막 잔금이 들어왔다. 태양광발전소의 문제가 여기까지 오게 된 데는 많은 우여곡절이 있었다.

전혀 이해되지 않는 태양광 이야기가 나온 것은 2018년 초부터. 2MB 설치하는데 드는 돈만 준비해야 할 돈이 4억이란다. 일단 첫 단추를 낄 때까지 남편에게 못할 말도 했다. 나와 살기 싫어서 그러냐는 말까지 하며 온통 신경을 곤두세웠었다. 태양광에 조예가 깊은 사람에게 물어보라는 둥 크게 한바탕 싸움까지 해가며 언급했던 일이 이제 한전 입찰까지 받았고 허가가 나왔다 하니 반쯤 안심을 해본다.

집 담보 대출도 막히고 내가 경영하는 회사에서 발생한 잉여금은 그의 소멸이 되었다. 와인사업을 시작하면서부터 더 엉망이 되어 버린 가정경제였다. 생각했던 것보다 빨리 생활비가 바닥이 났다. 총부채가 사는 집 한 채를 팔아야 될 만큼 큰 금액이 되면서부터는 목까지 차오른 부담감이 백배 나를 힘들게 했다.

한 번도 남편에게 돈 때문에 힘든 내색을 하지 않았는데도 남편 역시 동감하고 있었을 거다. 힘든 결정을 했다. 회사도 고정경비가 없을 정도로 휘말렸다. 개인이 돈 빌리는 데도 한계에 봉착되었다. 심지어 집문서 저당까지 잡혀가면서 빌린 돈으로도 버티기가 어려웠다. 점차 남편의 방황이 눈에 보이게 나타나는 현상을 눈감아 주기도 힘들었기에 제주행을 결심했는지도 모른다.

한 달 동안의 실습 기간에도 서로를 간섭하지 않았지만 못 견뎌서 하는 남편이다. 마지막으로 결단을 내렸다.

창고 건물세만 나에게 주고 태양광 발전소에서 나오는 돈으로 남편이 이자 주고, 한 달 먹고 살수만 있으면 서로 간섭하지 않고 멋지게 살자고 결론을 내렸다. 그동안에 빌려 쓴 돈 온라인 입금을 해줬다. 제주 달 방을 살면서 생각한 것은 이대로 살면 서로가 편하게 살 수 있겠다는 생각이 든다. 그가 원하는 데로 이제 정리해줬으니 알아서 살라고 말한다.

누구와도 대화 없는 일상이지만 무의미한 시간을 보낼 수 없어서 하루 한 군데 정도는 다녀온다. 함덕 해변에서 찍은 사진들을 정리하고 내 안에 있는 남편의 생각들을 정리해본다. 하루에도 몇 번씩 생각나는 일련의 일들 13년을 살아온 현실이 내 눈앞에서 좀처럼 지워지지 않지만 지우려고 생각해야 한다. 2월이 벌써 반이 지나가는데 내 마음에 정리는 아직 꼬리에 꼬리를 문다.

장유에서 치킨 가맹점을 할 때다. 2007년에 일을 시작한 후로는 연중 쉬는 날 없이 억척스럽게 살았다. 담배까지 파는 가게여서 아침 9시에 문 열면 새벽 한 시까지 장사하고 잠자는 시간도 아낄 때였다. 그친 바다 동해파도 소리가 듣고 싶어 안달하던 때면, 부산 광안리 바다라도 가보자고 졸랐던 옛일이 생각난다.

오늘 다녀온 함덕 해변처럼 모래사장이 하얗지는 않지만 광안리 바닷가 꽤 명성이 있는 바다였다. 힘들게 일하고도 바다가 가고 싶다면 모래사장까지 데리고 가줬다. 해변에 발도 딛지 않고 집으로 돌아왔던 일이 생각난다. 파도가 내 마음 아는 것도 아닌데 왜 그렇게 바다가 그리웠을까? 바다로 둘러싸인 섬 제주도 파란 바닷가, 흰 모래사장을 걸어 봐도 바람만 세차게 불어올 뿐 마음이 가시방석이다. 내게서 사진이 없었더라면 더욱더 힘든 제주 생활이었을 것 같다.

제주에 온 지 벌써 11일이나 지나간다. 처음 며칠도 아니고 이제 십 여일 지나 적응되어 가고 있다. 제주도 날씨 2월에 가장 나쁜 시기에 왔다. 바람도 많고 맑지 않은 날 그의 매 일인 것 같다. 마음이 편하지 않은 시기여서 더욱 이 계절이 어울리는지는 모른다.

추우면 춥다고 이불 속에서 지낸다. 날씨 안 좋으면 안 좋다고 개기고. 맑은 날이 그의 며칠 안 되니 밖으로 나가는 날도 며칠 안 된다. 홀로서기 연습은 제대로 하긴 한 것 같다. 매 순간 바뀌는 마음처럼 그냥 이렇게 지내도 될 것 같은 마음도 든다. 어디서부터 잘못되었는지 그와 둘이 대화로 풀어야 할 것 같다고 생각해 보는 날이었다.

군산 오름

2월은 바람이 많긴 하지만 제주에서 유독 바람이 많은 날 엔 돌풍과 함께여서 집을 나서기가 꺼려진다. 창문 밖을 바라보는 아침햇살은 흐릿하며 구름이 낀 듯하다. 어제 많이 다녀서인지 아침 내내 게으른 동작으로 밖에 나가기가 싫다. 늦게 일어나다 보면 하루가 늦어진다. TV를 좋아하지 않았지만, 제주에서는 말문 막고 생활해야 하는 시간이다.

TV와 친구해야 한다. 계획 없이 마음 가는 대로 움직여 본지 벌써 10일째다. 누워서 뒹굴거나 일찍 나가거나 둘 중 하나를 선택하는데 오늘은 따뜻한 침대가 좋아 오후 시간까지 누워 있었다. 하루 두 끼만 잘 챙겨 먹기를 해왔다. 따뜻한 모닝커피 한잔과 사과 하나를 먹는 날이었다.

반찬 싸다 놓은 지 몇 일되지만 김만 구워서 먹는다. 김장독 냉장고에서 꺼내온 김치도 일반 냉장고에 들어 온 지 십 여일 지나니까 새콤한 김치로 변했다. 김치 만두국을 끓여 먹기에 딱 알맞은 김치다. 김치만 보면 엄마 생각이 난다. 엄마의 김치죽은 삶 그 자체이다. 그 시절 유난히 가난했던 우리집인 것 같다. 김치에다가 밥 몇 숟가락만 넣고 끓여보면 걸쭉한 김치죽이 된다.

우리 동네에서는 김치죽을 "갱죽"이라고 불렀다 무슨 의미인지는 몰랐지만 쉽게 요리할 수 있고 간편한 한 끼 여러 가지 반찬이 필요 없는 김치죽, 쌀을 아낄 수 있는 방법이기도 한 것 같았다. 보릿고개를 견디며 살아오신 엄마의 살림 지혜이기도 했다.

지금 생각해보면 아버지는 둥근 상에 함께 앉아 밥을 드신 적이 없었다. 작은 밥상에 김치 국밥 한 그릇, 다른 반찬이 필요 없는 김치죽을 가장 싫어하셨다.

집안 할머니 말씀이 없는 살림이지만 엄마가 계시지 않을때면 아버지께서는 어떤 반찬이던 잘 만들어서 드신다고 했다.

소죽 끓인 군불아궁이에 작은 냄비된장을 잘 끓여 드셨다고 한다. 계란 넣은 김치국도 잘 끓여 드셨다는 아버지, 5일장 소전 끌 장터에서는 인기 많은 아버지셨다. 오늘 아침에 김 치국을 보며 아버지 생각도 해봤다.

아점을 먹고 오후 시간까지 너무 누워 있으니 밤이 길 것 같은 생각에 앞 창문 열면 군산오름이다. 멀리서 보이지만 넓은 꼭대기에 담장을 쳐 놓은 곳 저긴 어딜까? 궁금했다.

서귀포 안 덕에서 가볼 만한 곳을 검색해보았다. 차를 가지고 오를 수 있는 오름이라고 나온다. 군산 오름이다. 2.7km 차로 오분 이내 갈 수 있는 거리다. 두 시경 집을 나섰다. 바람이 세차게 분다. 옷차림을 단정히 하고 나갔다. 200m전방에 오름 꼭대기가 보인다. 계단을 올라 천천히 걸어도 10분 이내에 도착할 수 있다. 멀리 제주 앞바다에서 불어오는 바람을 맞아본다. 가슴이 탁

트이는 전경이다. 집 나설 때는 누가 군산 오름에 오를까? 생각했는데 많은 사람이 오르고 있다. 조금 넓은 주차장도 있고 주차장 끝 지점에 이동식 커피차도 있었다. 휴업인가보다 커피차 뒷부분만 남겨 놓은 채 문이 닫혀있다. 이런 날 커피 한 잔 꼭대기에서 마시면 제 맛이겠구나 생각하며 오름을 올랐다. 천천히 계단을 오른다. 바쁜 일이 없는 만큼 걸음을 조심해서 걷는다.

작은 오름 꼭대기이지만 앞바다도 시원히 보이고, 산방산도 보이고, 360도 회전을 하며 파노라마를 찍어 본다. 창천 초등학교 앞 내가 사는 집도 또렷이 보인다. 해월정 이층집에서 보이던 이곳에서 한참을 머물며 제주를 감상해 보았다. 시계는 보지 않았지만 4시는 넘었다는 걸 느낄 수 있었다. 몇 미터 내려오다가 산불 조심 깃발이 펄럭이는 곳까지 가보았다.

산마루에 산불 조심 아저씨의 일터가 있었다. 팔각형 작은 공간이다. 문은 닫혀있지만, 아저씨가 노력해서 만든 작은 화단이 눈에 들어왔다. 산을 누비며 주워 온 희귀한 모양의 나뭇가지들과 반짝이는 돌멩이로 돌탑을 쌓아둔 화단도 몇 컷 남겼다. 누군가 인기척이 들렸는지 아저씨가 문을 확 열고 나오신다.

무전기를 손에 들고 있었다. "안녕하세요. 몇 시에 퇴근하시나요?" 6시에 퇴근인데 한 시간쯤 남았다고 하신다. 수고하시라는 인사를 남기고 천천히 주차 한곳으로 발길을 옮겼다. 해 질 무렵이라 사람들의 발길은 끊기고 있었다. 제법 많았던 차들이 다 빠지고 내 차만 남아있는데 차 한 대가 올라온다. 내려오며 두 번이나 좁은 곳에서 길 비키는 차들이 있었다. 해월정 2층 집으로 오기 전에 차 안에 있던 쓰레기를 재활용센터에 들러서 비우고 왔다.

제주 생활 끝나기 전에 한 번은 더 와야 할 이곳이다. 이방인을 위한 건 아닐 텐데 제주시에는 이런 곳이 잘되어 있다. 아무 때나 시간이 나면 가서 버릴 수 있는 이런 시스템이 좋은 거 같다. 10일째 보내는 날 2월 두 번째 일요일 남편에게 아침에 전화했다.

휴일이라 나갈 곳이 없어서인지 잔다고 말했다. 조금은 부드러워진 것 같은데 아직 마음을 잘 모르겠다. 13년을 함께 해왔지만 이런 난관에 봉착될 줄은 꿈에도 생각 못 했다. 아이들에게도 말하지 못하고 부모님께도 말할 수 없는 지금이다. 2월을 보내고 집으로 돌아가 보면 알겠지만, 지금은 단순히 갑갑하기만 한 시간이다. 제주에서 10일째 날은 이렇게 넘어간다.

제5장

나에게 머무르다

인생 육십의 걸음마

며칠 전에 마트에서 장 봐둔 부식이 몇 가지 있지만, 오늘은 반찬을 만들고 싶지 않았다. 있는 것으로 만족하며 그냥 맛있게 먹어주기로 하고 일어나자마자 약을 먹었다. 식후약도 식전에 털어 넣었다. 제주 살기 22일째 되는 아침이다. 어제 성산 일출봉 등 많이 다녀서 그런지 오늘은 집에서 그냥 쉬고 싶다. 오전 내내 TV를 보며 일상을 뒤돌아보는 시간을 가져 본다. 손자 비디오도 돌려보고 뒤적이며 오전을 보낸다.

아침 겸 점심을 먹었다. 밀감도 몇 알 까먹었다. 먹고 싶은 것이 없었는데 20여일 전에 동생이 주고 간 밀감이 있다. 상해 가는 것을 두고 볼 수 없어 열심히 까먹는 중이다.

제주 2월은 바람도 많고 맑은 날이 별로 없는 것 같다. 미세먼지까지 심한 날이라고 방송이 나온다. 꼭꼭 숨겨둔 비밀이 있는 것은 아니었지만 사부님의 특강에 많은 의미를 두고 있는 지금의 마음이다. 제주를 돌아다녀도 혼자이고 집에 있어도 혼자이지만 오늘만큼은 집에 있겠다는 마음을 굳혔다. 창원대 학부생활 2학년 때부터 박 교수님께 일년 육 개월 정도 영어를 배웠는데도 실력 향상이 없어서 아쉬움이 많은 공부였다. 2년 이상을 배워야 생활영어를 할 수 있다고 늘 말씀하셨다.

2015년 나에게 찾아온 갑상샘암 수술 후 건강회복을 위해 투병할 때라 영어를 그만두게 되었다.

휴대전화에 유튜브 영어 회화라고 검색해보았다. 1,000개의 문장으로 된 영어 한 달 무료체험이라고 나온다. 몇십 분을 듣고 또 따라 해보았다. 아는 단어가 있기는 하나 머릿속에 남지 않는 공부이다. 누워서 침대에 뒹굴뒹굴했다. 온종일 TV와 함께하는 시간이 많다.

집에 있을 때 남편이 TV만 잡고 있을 땐 짜증났었는데 나도 그와 다를 바 없이 이리저리 채널도 돌려본다. 무료함이 내게 머물기 때문인 것을 알아차린다. 제주에서 작가 활동을 했던 김영갑 작가님은 가난과 굶주림으로 바람과 자연에 맞서 싸웠다. 작가는 지병을 지니고 루게릭병마와 투혼을 불살랐던, 두모악 김영갑 갤러리를 세운 작가의 정신을 읽어 보기로 했다.

"그 섬에 내가 있었네."

1957년에 충남에서 태어나 제주에서 마지막까지 삶을 살았다 2005년 5월 29일까지 삶에 관한 이야기 에세이집을 정독하며, 그의 보헤미안 기질을 읽어 보고 잠시 나를 돌아보았다. 한참을 그가 남긴 글들 속에 빠졌었다. 체험에서 나오는 소리, 바람, 지형, 제주를 사랑한 그의 마음의 깊이를 들여다보며, 대단한 작가의 일생을 기억해본다. 갤러리도 들렸다. 일상적인 사진 작품 같았지만, 그가 남긴 책과 대비해서 작품연상을 해보며 혼을 담은 작품에 매력을 느껴본다. 다듬지 않았었다. 본질을 흩트리는 것에 대한 염려도 많았던 작가였다.

습기 많은 제주에서 필름에 대한 사랑은 끝없는 도전의식이었다. 그는 48년의 생을 마감했던 작가이다. 늦은 시간까지 그의 작품에 빠져 단숨에 한 권을 다 읽었다. 지금까지 살아오며 책 읽기를 좋아하지 않았던 나였는데 글쓰기를 하면서 좀 달라진 나인 것 같다. 요즘에는 한 권의 책을 잡으면 끝까지 읽어준다. 제주도에 오기 전 동생이 선물해준 한 권의 책 "꽃잎은 떨어져도 꽃은 지지 않네."도 읽었다. 감동으로 전해온 것은 결국 삶의 이야기인 것 같다.

늦은 시간까지 핸드폰을 뒤적이며 시간은 흘러간다. 항상 나 자신에게 진솔하려고 노력하고 있다. 마음이 시키는 대로 할 것이라고 말하면서도 잘지 켜지지 않는 것은 내 안에는 무엇이 있기 때문인가? 며칠 전부터 절대 열어보지 않겠다고 마음먹었던 주남집 캡스, 오늘도 열어보고 말았다. 굳게 닫힌 문을 확인했다. 문을 닫고 나간 것이 분명한데도 머릿속엔 무언가 석연치 않은 마음의 병이 발동한다. 전화는 해보고 싶지 않았다. 아니 참고 있는 것 같다, 나 자신이 초라해지기 싫은 마음이 더 크기 때문인 것 같다.

낮부터 침대에 질척이고 있었던 탓인지 쉬이 잠이 오지 않았는데 어떻게 잠이든지 모르게 잠이 들었다. 생리적인 현상에 맞춰 눈을 떴는데 아침 7시이다. 내게는 생명 연장 도구인 약이다. 한 알 먹고 다시 누웠는데 아홉 시다. 제주 생활에서 늘어난 것은 게으름뿐인 것 같다, 누구나 아는 그것만큼만 보인다고 했는데 아는 것이 한정되어 있는가 보다.

제주 더 알고 싶은 것은 대자연이 숨기고 있는 비밀이겠지만 김영갑 작가님의 작품을 보면서 느낀 것이 많다. 좋은 카메라로 한순간에 좋은 작품을 건질 거라는 현대인들과 비교하면 혼자서 인내하고, 계절과 시간과 다툰 그의 삶이다. 인생을 여기에 묻고서도 다 알지 못했고, 다 담지 못했던 제주라고 했다.

한 달간 생활하며 좋은 작품을 담으리라는 기대를 버려야 하는 이곳이다. 한 달이 되어가지만 살면서 만난 사람은 고작 몇 안 된다. 관음사에 갔을 때 만난 이*솔 작가, 약천사 법당 보살님, 해수온천에서 만난 사랑 분식집 사장님, 안덕면 생활 쓰레기 수집장에서의 아줌마, 안덕 집주인, 대화해본 사람이라고는 몇 명안 된다.

시절 인연에 만나서 스쳐 갈 인연이 많다. 작품을 담는다는 의욕보다 어쩌면 2월 한 달 제주도로 유배됐던 시간이다. 현실에서 도피하고 싶었던 한 달인지도 모른다. 내 삶을 많은 사람에게 노출했었나 보다. 특강을 들으며 정신을 차려본다. 내 안에 나를 보고 내가 모든 것을 결정지어야지 하는 마음을 가져보았다.

남편의 생각은 이미 말 한지도 모르는데, 내가 붙잡고 있는지도 모른다. 오늘 아침에 다시 캡스를 열었다. 집에 닫힌 문이 열려있다. 병이 된 내 마음이 그렇게 단정 지어진다. 내가 집에 없는 시간이었고, 집 떠난 내가 무슨 이유로 관리한단 말인가? 강한 의문이 일어나기는 하나 집으로 가서 해결할 문제다. 있는 그대로 받아들이기엔 너무 멀리 도망가려 하는 남편인 거 같다.

나와 떨어져 있는 지난 시간을 뉘우치고 또다시 예전 같은 삶을 살아가자 말할 거라 생각했던 나의 기대가 잘못된 것임을 깨닫는 아침이다. 마음에 분노가 일어난다. 당장 달려가서 쪽을 내고 싶은 마음이 꿀떡 같다. 캡스를 되감기 해서 집에 들어온 시간을 확인한다. 9시 34분, 대문을 열고 강아지 밥을 주는 모습이 무어라 말할 수 없이 위선적인 모습으로 다가온다.

철저하게 배신당하는 느낌이랄까? 아니면 믿지 못하는 불신 때문에 일어난 일일까? 그렇게 생각하고 싶은 것은 아닐까? 한림공원으로 작품사진을 찍으러 가려다가 앉아서 글을 쓰는 지금도 분통이 터진다.

전화해서 따지고 싶은 마음이 들지만 참는다. 이미 지난 일이고 뛰어가지 못하는 시간이란 것을 알아차린다. 내가 집에 없을 때면 빈번하게 그러했으리라는 짐작과 함께 알고도 속고 모르고 속은 시간이었다. 이제 용서하고 싶지 않음이 문제다. 친구가 한 말이 이 시간에 떠오른다.

내가 끈을 놓지 않으면 다시 좋아질 여력은 있는 것이라고 말한 친구가 있다. 그 말에 항상 감사하며 살겠다했는데, 다짐한지 이틀만의 일이다. 멀리 눈에 보이지 않아도 그 사람을 신뢰하고 믿으려고 했었다. 대문 닫고 나가면 모를 것이라고 단순한 행동을 한 것 같다. 그런데 왜 이런 일에 집착하고 있었지? 내가 생각해도 집착이 화를 불러일으킨다고 생각된다.

20년을 집착당하며 얻은 병일까? 나도 모르게 약해진 마음으로 그를 집착하고 있었나보다. 집을 떠나왔으면 한 달 살기에 충실하지 무엇 하러 집에 있는 남편을 관리하려 했던가? 나 자신을 돌아보며 바보스러운 내가 민망해진다.

그동안 그가 나를 사랑한다는 착각을 하고 산 것 같다. 나만큼은 아니었는데 어떻게 그런 착각을 하며 살았던가? 사랑했기에 사랑을 의심치 않았고, 지금도 그런 마음으로 제주도에서의 생활이 마무리되어간다. 이 시점에서 초연해지기로 마음먹었는데 남편에겐 점점 믿음이 가지 않는 날이다.

12시가 되어 아침을 먹었다. 한림공원으로 가기 전에 화나는 내 마음을 정리해본다. 아주 속상하고 이런 기분을 누구에게도 말할 수 없는 내 마음이 아프다. 두 번째 이별이 도사리고 있는 현실을 인정하고 싶지 않지만 어쩔 수 없이 인정해야 할 시간이 다가오고 있는 것 같다. 며칠 남지 않은 제주 생활 마무리하고 집으로 돌아가서 생각이 머무는 데로 해보자. 내 안의 나를 집착하는 것이 문제일지 모르나 시간이 해결해 주리라 믿고 오늘을 살아보자.

혼자 해보고 싶은 일

제주에 도착한지 이틀 만에 주인아저씨를 만나던 날이다. 나에게 안덕을 잘 둘러보라는 팁이 있었다. 제주도 여행을 어떻게 다니냐고 물으신다. 오로지 인터넷 검색해서 가보고 싶은 곳만 다닌다고 했다. 안덕면을 걸어서 화순 금모래 해변까지 갔다 왔을 때 하신 말씀이 이 동네도 가볼 만한 곳이 많은 곳이라고 하셨다. 안덕계곡, 동백동산(카멜라힐) 앞산(군산 오름) 건강과 성 박물관, 산 방산, 중에 젤 먼저 안덕계곡을 찾았다.

주상절리가 아름다운 곳이기도 했다. 두 번째는 집 앞산이 너무 궁금하여 산꼭대기까지 차로 갈 수 있다는 장점이 있어서 가본 곳이다. 26일 차 이제 이틀만 있으면 짐 보따리를 챙겨야 하는 시간이다. 그동안 느슨했던 마음과는 달리 갑자기 가볼 곳이 많아졌다. 하루 한군데 정리해오던 일기장은 마무리 해놨다. 오후 한 시밖에 되지 않았다. 바깥 날씨가 봄 날씨 같아서 서둘러 외출준비를 한다.

마트에서 벙거지 모자 하나 샀지만 몽골에서 사갖고 온 짙은 와인색 고깔 모자가 잘 어울리는 것 같아서 늘 이 모자를 쓴다. 안에는 얇은 옷을 입고 외투는 겨울 잠바를 입었다. 제주 날씨는 변덕스러워 어떻게 하면 될지몰라 그대로 입고 나섰다. 집에서 3.5km밖에 되지 않는 곳에 있는 언덕 위의 동백원이다. 한라산이 뒤로 보이고 산 방산이 앞으로 보이는 언덕위의 넓은 곳에 카멜라힐이다.

화요일인데도 제주는 어디를 가나 관광객이 많았다. 주차장이빈 곳이 없을 정도로 많은 차들이 있었다. 입장료도 비싼 편이다. 어른 8,000원의 입장료를 받는다. 카멜라힐을 들어서는 순간 가끔 보이기 시작하는 동백 꽃길따라 천천히 걸으며 관람을 한다.

발길에 부딛힐 정도로 사람이 많았다. 요소마다 기념사진 찍기 위해 기다리는 사람도 많다. 옛집 창문과 사각형 깃발이 펄럭여서 그림자가 비치는 돌담의 창문이 눈에 들어왔다.

그것을 몇 컷 찍느라 앉은 자세를 하고 있는데 뒤에서 누군가가 나를 보며 억~하고 소리 지르는 통해 놀래서 자지러지게 소리친다. 사진 아카데미 사무장이었다. 세상에나 제주가 좁다 한들 이 시간에 약속도 안 했는데 이렇게 만나다니 무슨 일일까? 그 넓은 곳 다나 두고 제주 오자 말자 카멜라 힐이라니 반가운 나머지 인사도 잊고 어쩐 일로 왔냐는 질문이 먼저였다.

누구랑? 동창들과 일박이일로 왔단다. 아는 사람 만났으니 그동안 입만 꾹 다물고 다녔는데 반갑기 그지없었다.

사진을 찍고 식물원도 들려 몰카도 찍어주고, 식물원 카페에서 차 한 잔 대접을 한다. 제주에서 만난 것도 인연인데 선배가 먼저 한잔 내기로 했다. 영귤 차와 아메리카 노를 시켜놓고 잠시 휴식을 취했다. 포즈를 취하며 찍어 달라는 사무장 친구들 때문에 사무장은 바빴다. 편하게 구경하시고 가라며 또 다른 곳으로 옮겨 가겠다고 한다.

산방산과 군산 오름을 갈 것이라고 한다. 오늘은 햇살이 조금 있을 것 같아 집을 나섰는데 노을빛은 예측할 수 없는 제주 날씨이다. 4시까지 카멜라힐 곳곳을 뒤지며 수선화도 보고, 가을철에 좋을 것 같은 장소 갈대와 핑크뮬리가 있는 곳까지 구경한다. 먼저 떠나겠다고 전화가 왔다. 오늘 반가웠고 고맙다는 인사를 한다.

아침에 카카오스토리를 보니 산방산 사진이 올라와 있었다. 자세히 살펴보니 지난주 휴일이라고 적혀있다. 산방산을 배경으로 한 포토 존 사진이지만 한 번 더 그곳을 둘러보기로 하고 달려간다. 작은 밭 하나에 유채를 심어놓고, 곳곳에서 천 원짜리 한 장요구한다. 천원의 가치를 허락한 뒤 사진을 찍을 수 있었다. 선남선녀가 유채밭 가운데서 웨딩 샷을 찍고 있었다.

망원랜즈를 깊숙이 넣고 아련하게 찍으라는 꽃, 한 스텝 업해서 찍으란 말씀이 귓전을 맴돌지만, 항상 뭔가 부족한 샷이고 내 스스로 자신감이 없어지는 꽃 사진이다. 원하는 샷을 찍지 못했지만 그곳을 나왔다. 산방산 한 바퀴를 둘러본다. 집으로 오는 길목에 화순금모래 해변 선착장까지 가보았다. 오늘은 지난 날처럼 노을이 좋지 않다. 발길을 돌려 건강과 성 박물관 첫날에 걸어서 가본 곳을 오늘은 세세히 들여다보기로 했다. 노인의 성에 대한 궁금증도 있긴 했다.

조각상들부터 예사롭지 않은 이곳이다. 검은 실루엣만 나오게 몇 컷 찍고 안으로 들어가서 티켓을 끊었다. 짧은 두시간 정도의 시간에 어른12,000원을 받았다. 몇 시까지 나오면 되냐고 물었다. 7시까지란다. 한 시간 반 정도의 시간이 남았다. 전층을 보는 데까지만 보겠다 생각했다. 온통 성에 관한 신비한 것들은 다 놓여 있다. 체위며, 행위며, 신음까지 내는 장소도 있고, 전화기를 통한 성행위의 신음까지 듣게 되어 있는 곳이다. 여긴 온통 신비롭다.

아가씨도, 청년도, 부부도, 두 손 꼭 잡고 구경하는 사람들 틈에서 조용히 걷는다. 건성으로 몇 번 단체로 들어와 본 곳이긴 했으나 그때와는 다른 느낌으로 다가온다. 늘 그래왔던 것처럼 서로의 마음을 배려하지 못한 것이 불만이 된 현실에 내가 이곳을 방문한 데는 많은 생각이 교차한다.

노후의 성 표현, 성 표현의 종류, 성 표현의 건 강적 이익, 비언어의 교류, 등등 성 상식들을 접하며 꼭 딴 세상에 와있는 듯하다. 특히 눈에 띄게 보이는 고혈압 및 심혈관 질환을 가진 중년의 성생활 등이 눈에 들어왔다. 인간은 사랑으로 산다. 행복하고 만족한 성생활을 위한 상식들을 접하면서 이층까지 완벽하게 둘러본 시간이었다. 지금 같은 마음이면 좀 남편에게 잘할 수 있을 거란 생각도 들지만 여태 살면서 여자였던 적이 몇 번이나 있었나. 나를 돌아본 시간이 제주에 와서 가장 많이 느꼈던 날이다.

일 층 삽에 온갖 성에 관련한 물건들과 꼭 필요한 상품들이 진열되어 있었다. 눈길을 끈 것은 마블 부부상, 다정한 모습이 나를 유혹한다, 소장 가치가 있진 않지만 현재심정으로 하나를 구매했다. 어둠이 찾아온 저녁 집으로 향한다.

제주에 오고 난 뒤 가장 늦은 귀가 8시가 넘었다. 김치찌개를 3끼 먹는다. 혼자 밥 먹기라도 잘 챙겨 먹었다. 그동안 가져온 반찬들이 이제 콩잎, 오징어젓갈, 등을 비웠다. 식후 오는 포만감을 앉고 오늘 찍은 사진을 정리해본다. 늘 감사한 일은 이 많은 사진을 정리하여 공부가 되게 해주는 선생님이 뒤에 계시니 든든한 백 하나 가진듯하다.

저녁을 함께하자며 연락 온 사무장님. 친구들과 좋은 시간을 보내라고 인사했다. 핸드폰을 들여다보며 사진밴드는 일체 정리를 했다. 탈퇴한 덕분에 사진 올릴 곳이 마땅치 않아 오래도록 간직했던 나만의 밴드를 정비한다. 아우성이라는(아름다운 우주를 사진으로 담아서 성공적인 자아 존 중감을 높이자.)이 문구를 일러두기로 정하고 키워드 중심도 3가지 담았다.

사진, 문화와 예술, 친목 모임이라 정했다. 이 밴드를 만들고 남녀 누구나 정했지만 나이는 1975년부터 1955년생까지만 올 수 있도록 했다.

누가 초대하지 않으면 모집이 되지 않겠지만 언제까지 몇 명이 될지는 몰라도 그냥 만들어 보았다. 아무도 오지 않아도 영원히 내 작품만 올릴 것이라고 다짐하며 하나하나를 대표 태그에 맞춰서 정리했다. 긴 시간에 걸쳐서 멀리 도망간 잠을 불러 모으며 TV를 끄고 내일을 위한 취침 모드에 들어간다.

나를 발견한다는 것

나는 지금 무엇을 하고 있는가?

내가 하고 싶은 일들은 무엇인가?

하루 중에서 가장 나를 위하여 보낸 시간은 언제인가?

많은 의문 들을 가진다. 나란 사람은 내가 해보지 않은 일들을 겁내지 않고 도전한다.

어린 시절 카메라가 귀하던 시절에 초등학교 졸업사진 찍을 때 스냅사진이 한 장 있다. 문 씨 여인들과 함께 찍었던 사진이 내가 가진 사진 중에 최초의 사진이다. 졸업식 앨범이라는 사진은 마주 펼쳐진 한 장짜리 앨범이 전부였다. 그 후 중학교 땐 서울로 졸업여행 다녀왔던 파고다 공원에서 찍은 사진이 전부였지 싶다.

풀먹인 하얀 카라의 교복을 단정하게 입고 다니던 학생이었다. 어릴 때부터 유난히 큰 키를 자랑하던 여학생이 어느덧 60이란 나이가 되었다. 내 딸아이가 벌써 손자를 탄생한지 6살이 되는 이 나이까지 살아왔다.

"인생은 60부터."

참 예사로운 말이 아니다. 내가 살아왔던 지난날이 벌써 60을 넘겼다. 올해 환갑이라고 환갑 상차림은 아니었으나 딸과 사위에게 거금의 돈과 생일상을 받은 나이가 되었다. 나에게 가난이란 무서운 집념을 배우게 했고, 배움을 갈망하게 했던 유일한 수단이었다.

만학을 꿈꾸던 생활은 50대부터 바뀌게 되었다. 학연에서 교수님이 인연으로 나타나 3번째 책까지 쓰고 있으리라고는 생각지도 못했다. 어떤 사람의 책 중에 "상처도 스펙이다."라는 제목이 있었지만 나에게 아픔은 스펙이기보다는 트라우마가 된 삶의 연속이었다. 이제 그 모든 아픔은 묻어버렸다. 아픔까지 사랑할 수 있는 사람을 만났기 때문이었다. 그와 살아온 세월이 벌써 14년이다. 삶 중에서 나를 위한 삶을 살아본 것은 이 사람을 만나고부터였다.

만학도가 되어서 생에 가장 큰 문교부 혜택을 얻었다. 사회복지학 석사라는 이름도 가졌다. 내 인생 절반의 실패가 성공을 가져다줄 변수는 되고 있었는데, 또다시 시련이라는 이름으로 나를 짓눌리기도 했다. 많은 변화가 있었다. 사진을 사랑하고 사진찍는 취미도 가지게 되었다.

작품 세계에 빠져 나의 개인전을 꿈꾸며 사진을 배운지도 사 년이 흘렀다. 나에 대한 발견이라는 것은 노력하지 않아도 내가 가진 성향 개인의 욕구에 따라 채워져 가는 것이 곧 발견이 아닐까 생각한다. "꿈을 꾸면 이루어진다."는 말이 있듯이 항상 내가 하고 싶은 것이 꿈이라 생각해본다. 어린 시절 나락 뒤주 앞에서 아버지 자전거로 혼자독학한 자전거 타기를 수없이 해본 결과로 내가 이루고 싶은 버키릿을 하나 이룬 괴기가 되었다.

2019년 삼복더위에 시작한 8월 1일부터의 라이딩5박 6일 만에 국토 종주를 마무리하게 되었다. 첫발 내딛기가 무섭게 하루 60km이상만 달리겠다던 나와의 약속을 깨트린 채로 100km 이상 달려 768km를 국토 종주를 했다. 이어 9월1일에 동해안 318km 종주와 4대강과 오천 길 533km 종주는 7박 8일 만에 끝냈다. 제주 환상의 섬 종주 234km를 1박 2일 만에 마무리하였다. 전국 그랜드 슬램 인증구간 1,853km를 끝낸 나의 의지로 나에게 숨어 있는 역마살을 발견했다.

고난을 슬기롭게 극복한다는 한일여고 시절에 다져졌던 청춘의 끓는 피가 역동적으로 용솟음친 것일까? 내가 이루어 낸 결과에 나 자신에게 응원의 박수를 보냈다. 사찰생활 중에서 어떤 스님께서 하신 말씀이 생각난다. 50살이 넘으면 해외여행을 안방 가듯이 간다는 그 스님은 내 인생을 엿보는 예지능력이 있었을까?

6년 세월 동안 30번의 해외여행 42개국을 다녔었다. 이 사람을 만나서 가장 자유롭게 나를 발견한 시간이었다. 여행이 곧 새로운 삶을 살게 하는 근원이었고 원동력이었다. 원하던 학업도 마무리 지었고, 가보고 싶어 했던 여행 누구보다도 많이 다녔다. 남은 시간은 자연을 벗 삼아. 좀 더 자세히 보는 습관인 사진을 사랑하며 개인전이 열리는 그날까지 열심히 배우는 길만 남았다. 자주 이 말을 쓰는 편이다

"어떤 일을 행하기 전에 인연을 먼저 만나고 일이 행해진다."라는 스님의 말씀이 기억에 남는다. 요즘은 해왔던 일도 멈추고 스스로 무기력함에 빠져 있었던 것 같다.

자연스럽게 노화 현상이 진행되고 영양결핍도 아닌데 눈에는 비문증이 날린다. 내가 좋아하는 인터넷 놀이를 쉽게 할 수 없는 지경에 왔다. 오랜 시간

동안 자판을 쳐도 그렇고, 컴퓨터를 쳐다봐도 비문증이 심하다. 건강에 이상 신호가 오는 건지 늙어가는 건지 이 모든 사실을 인증해야 할 시기인 것 같다.

경제적인 흐름도 불분명하고 가정살림도 이상이 오고 있다. 어린 시절 가난을 경험해 봤기에 잘 견딜 거라고 생각한다. 아무리 힘들어도 보리쌀 꿈 삶아 먹든 그 시절만큼이야 가난하랴만 지금까지 살아온 경험으로 우린 견딜 수 있으리란 생각을 해본다. 하지만 우리 아이들이 주역이 되는 30대 젊은 그들은 과연 어떤 역사를 만들어 갈는지 염려된다.

가난과 고난은 늘 엄마의 몫이라고 키워 왔던 우리의 자랑스러운 아들,딸들이다. 경험해보지 못한 길을 가야 하기에 많이 힘들어하는 코로나이시기를 잘 극복 해주 길 바랄 뿐이다. 딸이 아이를 키우는 지금, 엄마가 해줄 수 있는 이야기는 단순하다. 아이는 엄마의 정성으로 크지만, 마음먹은 대로 잘 안되는 것이 아이 키우는 일이라고 말하고 싶다.

엄마 시대에 너희를 키울 때처럼 흙 밟고, 흙먼지 집어 삼키던, 그 시절과는 다르게 불면 날까 놓으면 꺼질세라 들고 키우는 교육 세대에 많이 힘들 것을 느낀다. 나의 교육관은 나 만큼은 절대 고생시키지 않는 아이로 키우고 싶었다. 그 시절을 살다보니 나를 발견할 수 있는 시간이 늦어졌던 내 인생이다. 이제 남은 인생은 후회 없이 나를 위하여 살아보고 싶다. 역마살이 있으면 그대로 즐길 것이며 보헤미안(집시)을 떠올리며 해방된 삶을 살아보고 싶어진다.

졸혼이라는 명제로 고민하던 것은 2018년 부터인데, 아직 마무리 지어진 것은 아무것도 없다. 그 사람의 마음도 흐름이 단절되어 있고, 내 마음 또한 이대로 머물러 있기를 바랄 뿐이다.

40대에 풍부한 감성들은 50대에 갈망과 열정이 뒤범벅된 시기를 지나 지금은 다소 정리되어 가는 인생 경험으로 조용히 내 삶을 뒤돌아보는 내가 되고 싶다. "늙어가는 것이 아니라 익어 가는 것"이라는 가사 말처럼 좀 더 성숙한 인생육십에서 바라보는 초연한 삶이고 싶다. 젊은날엔 밀집된 아파트가 좋았다.

공기는 나빠도 도심 속에서 북적이는 삶이 좋았던 시기도 있었으나 이젠 자연으로 돌아가기 위한 연습이 필요한 시기인가? 한적한 시골길 안개가 자주 주변을 엄습해와도 눈 뜨면, 자연이 함께 숨 쉬는 이 공간이 좋다.

아스팔트 길가에 쌓인 먼지보다 미세먼지가 적은 맑은 공기와 함께 숨을 쉰다. 작은 텃밭에 작년에 심어 놓은 가을 상추가 붉은빛을 띠며 먹음직한 푸성 귀가 자라고 있다. 겨우내 다 뜯어 먹지 못했던 유채꽃이 샐러드에나 넣어 달라는 듯이 나풀거린다. 수년전 네덜란드에서 사갖고 온 이름 모를 꽃들이 망원랜즈를 들게 하는 화단이 있어 좋은곳이다.

우리집 화단에 우단 동자 꽃이 흐드러지게 자라고, 몇년 전 장흥에서 가져온 할미꽃 한송이가 100송이의 꽃을 선물하듯 피워주는 내 삶의 터가 좋아지는 시간이다. 이젠 나를 더 발견하기 보다 내 안에 숨겨진 끼 들을 꺼내어 많이 나눔 하는 사람이고 싶다. 어제는 나를 아끼고 사랑해주는 언니와 많은 시간을 함께 공유했다. 자신이 느끼지 못했던 능력들을 찾게 해주는 고마운 지인들과 어울림도 나를 발견하는 시간이 되곤 한다.

내가 사랑하는 사람들을 보살피고 함께 어려운 고비를 넘기고 때가 되면 많은 시간을 공유하며 서로 위로가 되는 사람이 되고 싶다. 아직도 해보지 않은 일들이 산재 되어 있다. 그것들을 이루기 위하여 항상 무언가 고민하고 있지만 잘할 수 있는 일을 하는 것, 그것을 위해 열심히 달려가고 있다. 사진을 하면서 지인들과 약속한 일이 있다.

개인전 환갑에 해보고 싶다는 말을 자주 하곤 했다. 사진 아카데미 4년 차 배우고 있는중이다. 선생님께서 늘 하시는 말씀이 작품에 대한 시를 쓰라고 하신다. 사진 에세이를 내보자는 의견을 주셨다. 주 남에서 주 남의 사계를 담아 아름다운 자연을 노을 빛에 연주 할 수 있는 작품을 만들어 보라고 하지만 아직도 많이 부족하다.

사진과 글은 떼어 놓을 수 없는 불과 분의 관계다. 바람이 잠잠하고 아침저녁으로 일교차가 크지 않는 날 그 무엇을 찾기 위해 카메라를 들어 볼 것이다. 봄은 봄이라 좋고 여름은 여름이라 좋으니. 둑에 유채꽃이 만발한 지금도 좋다

나를 발견할 과제 거리를 안고 노력하는 연주가 되리라……

선택에 좀 더 머무르며

2019년 12월 31일 주식회사 대연식품이 폐업 하는 마지막 날이다. 2010년 8월에 설립하여 10년만에 대단원의 막을 내리는 날이다. 치킨 물류 센터로서의 화려한 날도 있었다. 백억이란 매출을 올리던 시절도 있었고, 3년 동안은 매출 없이 이름만 있었던 시간을 합하여 십 년이란 세월을 만들어 냈다.

가방 속에 통장과 카드를 넣고 은행으로 달려간다. 법인 창구에 앉아본다. 대연식품 폐업 사실 증명서를 들고 앉았다. 카드가 모두 10장 한창 직원이 많았을 때 썼던 하이패스 카드와 일반카드 차 한 대에 2개씩 이용하던 모든 것을 제로 상태로 만들었다.   퇴직연금도 신청하고, 노란 우산공제금액 환급까지 모두 도장을 찍었다. 긴 세월 동안의 흔적을 지우기에 아쉬움이 남았다. 2010년부 터 5년 동안 실적을 모두 인쇄 해달라고 했다. 930장이 넘는 대용량의 인쇄물이라 해줄 수가 없다고 한다.

지난 역사를 파일로 받을 수 없는 아쉬움을 남긴 채 잊기로 했다. 2015년부터 5년간은 공인인증서를 통해서 잘 받아 두었지만, 실적 없는 3년은 출금만 빼곡했다. 모든 서류정리 한 시간 반 동안 정리하고 돌아왔다. 옛말에 버는 돈보다 쓰기를 잘하라고 말했다. 3년 동안에는 앞으로의 걱정은 전혀 하지 않았다.

둘이서 곶감 빼먹듯이 지출에만 신경을 섰던 터라 마이너스가 되어버린 살림이다. 다른사람들이 부동산만 보고 부자란다. 속은 곪을 대로 곪아 버린 현실이다. 보험도 정리했고 대연식품이 갖고 있던 마지막 전기차까지 정리했다. 삼 년을 놀아도 요즈음처럼 이렇게 갑갑하게 놀긴 첨 인 것 같다.

자유롭게 여행하고 싶으면 했고, 어디든 달려갔던 나였는데, 현실이 그렇지 못하다 보니 우울하다. 하루를 어떻게 보내야만 좋을지 모르는 요즘이다. 말로는 내가 돈 버는 일은 하지 않으려고 다짐했었다. 현실에 맞는 삶을 살아야 하지 않을까? 언제부턴가 경제 관념없이 혼자만 날갯짓 하는 남편을 보면서 답답하기 그지없었다.

2019년 1월엔 사회복지 실습이 장유에서 한 달간 진행되고 있었다. 그때 역시 졸 혼에 대해서 고민하게 했던 남편 덕분으로 제주에서 한달 살이를 감행했던 나였다. 밖에서 생활한다는 것 결코 좋은일은 아니다. 집이 그립고 내가 사는곳이 최고임을 깨달았다. 이젠 섣불리 집 밖을 나가는 일은 없겠지만 많이 힘들게 한다.

차가 하나밖에 없어서 때론 술자리까지 모셔다드리기도 하고 술에 취한 남편 모셔 오기도 했다. 혼자 자신만을 위하여 쓴 돈이 너무 많아서 감당하기 힘들 정도의 금액으로 내 숨통을 조여 오기 시작했다.

자신의 카드로 돌려막기 하다가 결국은 내가 갚아 주지 않으면 안 될 상황을 만들고 말았다. 법인 차 정리한돈도 보내줬다. 며칠을 한숨 쉬며, 꺼낸 말 한마디가 아프게 한다. 사랑할 때 여보와 마음이 멀어질 때 여보라는 이 말이 참 가슴을 에이게 한다. 오로지 자신을 위한 씀씀이가 커 숨통을 조여온다.

생활비까지 걱정하게 만든 당신은 잘못한바가 없다 말하고 있었다. 애정도 식었다고 말한다. 정 없이 생활한지가 3년이라는 말에 말문이 막혀버렸다. 졸혼이라는 말을 떠올릴 때 그때부터 달라지기 시작한 남편이다. 내 마음에 떠나보내지 못하여 두 번째 이별을 감당 할 수 없었던 나 자신에게 문제가 있었나보다

첫 번째 이별을 하고 5년 만에 이 사람을 만났을 때 그땐 바라만 봐도 좋았다. 일이 힘들어도 함께여서 행복했다. 치킨을 튀기면서도 힘든 줄 모르고 생활했던 몇 년을 빼고 각자 자기 일에 빠져서 5년을 허우적대며 살아왔다.

나의 50대는 만학에만 신경을 섰다. 해외여행을 다닌다고, 남편에게 소홀한 적도 있어서 마음이 아플 때도 있었다. 서로 노력하고 살면 무슨 큰 이변이 있을까 하고 살아왔는데, 가볍게 생각할일만은 아닌 요즈음이다. 술 취해서 한 말이기에 쉽게 잊을 수 있을 거라고 생각했는데, 시간이 갈수록 마음에 벽이 생긴다. 말이 하기 싫고 예전처럼 밥도 차리기가 싫다. 남편이 나가지 않는 날, 내게 차가 주어지는 날이면 어디든 달려가고 싶다.

돈만 있었으면 여태 나와 살지 않았다던 그 말과, 이번 기회에 헤어지고 싶다던, 그말이 상처가 된다. 한두 번도 아닌데 이젠 더 마음의 간격을 좁히고 싶은 생각이 없다. 친정과 발길을 끊고 혈육과 정을 떼는 일이 있어도. 나와 살 남편을 선택했다.

이제와서 그렇게 살아야 할 이유가 없어졌다. 신뢰로 믿음하나로 살아왔다. 서로에게 기대었던 기대치도 사라졌다. 사랑 또한 조각난 현실이 되어버렸다.

이런 상태로는 사진 생활도 엉망이 된다. 카메라를 들고 나갔지만, 앵글 속으로 들어오는 건 허허로운 바람뿐이다. 나를 할퀴고 남편을 헐뜯는 상황밖에 안 된다. 깊은 한숨과 어떻게 살아야 할지 단시간에 해결될 문제도 아니면서 힘들다.

어제 약속했던 사진반 동생이 놀러 왔다. 함께 국수집에서 점심을 먹고 스크린 한 게임을 했다. 마음이 텅 비어 있으니 공도 허공을 놀고 있다. 스코어가 장난 아니다. 실력도 안 되고 맨탈이 붕괴되어 제대로 되는 게 없다. 비슷한 실력으로 한게임을 마친 뒤 주남아트 겔러리로 커피 한 잔 하러 갔다. 자주 들리는 곳이긴 하지만 오늘따라 손님이 없어 휑한 자리다. 왕 버드나무 사이로 날으는 주남 철새를 바라보며 사진으로 대화가 오고 갔다.

오늘 하루는 이렇게 시간을 보냈다. 카페점원이 선물해준 요거트시음도 하고 갤러리에 사진전을 하라는 종용도 받았다. 한 시간 반쯤 시간을 보내고 부산으로 가야 하는 동생과 오늘은 여기까지 놀기로 했다.

마당 가운데 놓인 차 한 대는 그대로 서 있었다. 나갈 때 집에 있었던 남편은 어딜 갔는지 들어올 땐 없었다. 저녁을 해야 하는데도 하기 싫다. 나 혼자 잘 먹을 거라고 밥한다는 것도 귀차니즘이다. 이 사람을 만나고 치킨과 인연이 있었다. 그 인연이 십여 년쯤 지속되다 보니 이젠 각자가 가야 할 길이 있는지도 모르겠다.

3년 함께 일해주고 자신과 살아준다면 30년 책임지겠다던, 그 남자가 이제 졸혼으로 이별을 원하는게 아닌가? 미운 정 고운 정으로 산다던, 선지식인들의 말씀이 틀린 것은 아닌 듯한데, 두 번째 이별이 찾아온 것인가? 내 인생에 두 번의 이별은 하고 싶지 않았는데, 자식들이 어떻게 생각하겠는가? 사주와 팔자가 있는 건 맞는 말인가? 행복도 자신이 만들고 팔자도 자신이 헤쳐나가는 것이라고 믿고 싶었는데, 지혜롭지 못한 나에겐 먼 나라의 이야기처럼 들린단 말인가?

아직도 건강한 정신과 육체로 삼월이면 걸어서 국토 종주를 하기 위해 매일 걷기 연습을 하던 일도 멈췄다. 당분간 마음의 안정이 더 중요하기 때문이다. 끝내 돈 때문에 벌어진 싸움은 내가 지고 말았다. 입금을 간절히 원하는 그 사람 때문에 내 인생까지 흔들리는 것 같았다.

그 돈 없어도 살 수 있다. 안주고 내가 가진다고 얼마나 더 행복하겠는가? 생각이 많았지만 결국은 내가 지고 말 일이면서 고집부렸던 자신이 한심했다. 10년끌고 왔던 ㈜ 대연식품에서 퇴직금으로 받은 돈 절반을 입금 시켜줬다. "여보 고마워요 꼭 갚을께."라는 그 말이 더 미웠다.

여태 그많은 돈을 퍼부었는데도 마지막까지 나를 실망시키는 그 사람 대답도 하기 싫고 마주하긴 더 싫었다. 일찍 방문을 닫고 몇 년을 쓰지 않았던 컴퓨터를 열었다. 당당하게 살아갈 거라고 다짐한다. 물류센터 대연식품이 잘 돌아갈 때는 물류들로 가득했던 창고다. 이젠 텅 빈 창고로 먼지만 뽀얗게 날리고 있는 저곳을 겔러리로 꾸며 사진을 걸어놓고 차라도 팔면 어떨까?

갖은 생각이 난무하는 날들이다. 250평 근린생활 시설 이 공간, 사무실 한 칸을 코스모토 주식회사 총판으로 쓰고 있지만 큰 영향력을 발휘하지 못하는 공간이다

9m의 간판이 세워지고 상권분석이라는 타이틀이걸리던 그때만 해도 좋았던 때였나 보다.

2년간 상권분석이라는 이름으로 널리 전파되었던 간판이 이제 전기 절 감기간판으로 바뀌었지만, 푸른빛을 토해내는 간판일 뿐이다. 마음에 내려놓기가 안 되는 그 남자는 지금도 고민하고 있을 것이다. 마지막 인생을 불태우며

최선을 다할거라고, 이름을 바꿔 달고 갖은 노력을 해 보지만, 성과는 불 보듯 뻔 한 현실이다.

  길게 끌고 갈수록 나만 골치 아프게 하는 것 같아. 애끓이고 싶지 않다. 이제 날개 짓을 하지 못하게 할 것이다. 숨통이 조여와 내 영혼이 흔들릴 지경이니까. 14년 차에 접어드는 남편과의 재혼이 쉽게 끝날 것 같진 않지만, 얼마만큼 더 아파야 정리될 것인지 의문이다.

  함께했던 지난날이 어려움만 있었던 것은 아니다. 한때 서로가 각자 날갯짓 하느라고 바빴던 좋은 날들, 인생에서 경험해보지 못했던 많은것을 얻은것도 있었다. 주식회사 대연식품 이름값을 하던 그날을 생각해서라도 난 아직 충분히 좋아질 수 있다는 여지를 남겨 본다.

머무르세요

제주를 다녀온 지 14개월이 지났고, 유채꽃 만발했던 산 방산이 보이던 곳도 추억의 장소로 남았다. 코로나로 점점 봄기운마저 빼앗아 가버린 4월 잔인하기만 하다. 아침 뉴스에서 제주 유채밭 십만 평을 갈아엎어 버리고, 신안 튜울립 꽃밭 3만 평도 꽃 모가지만 따는 모습을 보며 분통을 터트려 보았다.

첫 단추를 잘못낀 코로나 19 국민이 원하는 삶이 진정 무엇인지 모르는 정치꾼들 민심이 흉흉해지고 옆 사람과의 대화도 단절된 세상에서 살고 있다. 세상인심같이 날씨 또한 변덕이 심하다. 일교차가 느껴지는 현실에 몸과 마음은 얼어붙고 경제가 바닥으로 가라앉는 시점이다. 보통 시민이 되고 보통으로 살고 싶지만, 기본 인권조차 보장되지 않는 요즈음인거 같다.

매일 들려오는 세계적인 뉴스 바이러스 전쟁이 되고 있다. 이 싯점이 얼어붙은 내 마음과도 같다. 허리띠 졸라매고 앞날의 희망을 가슴에 안고 달리던

40대와는 너무 다른 지금이다. 감성도 메마르고 꽃을 보고도 아름답다는 감정이 느껴지지 않는다. 무디어진 감성, 점점 늘어만 가는 노화 현상 눈에는 비문증이 날리고, 마음은 풀어지지 않고 매달려 동동 그린다.

가까이 사는 딸이 있지만, 마음 편히 쉬었다 갈 수 없는 현실이다 보니, 갑갑하긴 마찬가지인가보다. 작년 이맘때는 석사과정 한 학기만 남아 있던 논문 기간에 주일이 멀다하고, 학교를 다녔는데 회사도 마무리 지었다. 학교도 끝났는데 자유롭게 사진 놀이나 하면서 지내겠다는 시간이 뒤틀렸다.

달라진 것이 있다면 남편과의 관계 회복이 되어 가는 과정이 다행이라고 느껴진다. 마음을 돌려먹기로 했다. 늘 삐딱하게 행동하던 남편과 화해하게 된 사건은 술 먹고, 한 말이 가시가 되어 온전히 나를 내려놓고, 대화하고 난 후에 달라진 모습을 보였다. 일주일을 밥도 해주지 않았고 신경쓰주지 않았다.

유리 인간 취급을 하기도 했고, 인사도 나누지 않고 지냈다. 전에 없이 하는 행동이 부담스러웠는지 서류를 해달라고 부탁하는 남편에게 대화의 손길을 뻗었다. 이제 사느니 못사느니 그런 소리 하지 말라고 했다. 지난번 토라진 마음은 이혼 도장을 찍고 싶을 만큼 충격이었다고 말했다. 살 거면 말없이 살고 안 살 거면 당장 보따리싸서 나가라고했다. 절대 그런 일 없다고 안 살건데 왜 이러겠냐는 말과 함게 미안하다는 말을 했다.

여자란 사람은 참 보잘 것 없다고 생각한다. 젊으나 늙으나 미안하다는 말과 함께 봄눈 녹듯이 스르르 녹는 게 여자 아니던가? 눈물 한소끔 짜내고 서로 상처되는 이야기는 꺼내지 않기로 했다. 이제는 아프게 하지말자는 말과 함께 화해의 물꼬를 튼 것이다. 이왕 살 거면 마음은 따뜻하게 말 한마디라도 정겹게 하자고 서로 다짐했다.

차 없이 다닌 기간 3개월 동안 불편한 마음과 어딜 마음 놓고 다닐 수 없었던 시간에 비교해 보았다. 갑갑한 마음을 이해했는지 어떤 차를 원하는지 말해보란다. 앞으로 남은 15년을 위해 타야 하는 차다. 경비 절감을 위한 하이브리드 차를 타기로 했다. 평생을 살아오면서 외제 차는 타보지 않았지만 이번엔 나를 위하여 결정했다.

일주일 만에 차를 소유하게 되었다. 옥죄여 오던 마음은 한결 가벼워졌다. 어디든 마음만 먹으면 갈수 있다는 생각이 나를 해방해준 듯하다. 코로나로 인하여 긴 시간 집을 비우고 자유롭게 다닐 수 없는 상황일지라도 설악콘도를 향해 2박 3일 여행을 가기로 했다.

2019년 9월 1일 동해안 종주를 시작할 때 고성통일 전망대에서 출발하여 영덕까지 달려오면서 무서웠던 그 구간에 다시 한번 가보고 싶다는 생각이 절실했다. 올해 4월부터 걸어서 국토 종주가 목표였는데 이런 시국에 떠날 수 없어서 미루고 말았던 계획을 며칠 차로 달려보고 싶다는 생각으로 출발했다.

봄은 남쪽에서부터 올라오긴 했지만, 아직 강원도는 꽃을 피우지 않았던 날이다. 설악산 울산바위 대청봉에 하얀 눈이 내렸고 바람이 세차게 불어 콘도의 밤은 온도가 꽤 높고 방은 따뜻했다.

여고 동창생과 중학교 동창생 3명이 함께한 2박 3일 여행은 또 다른 의미를 부여하게 되었다.

백담사 가는 길도 막혔고 설악대교 유람선도 뜨지 않았다. 둘러볼 곳이라고는 해안가가 전부였고 장삿집은 문 닫은 곳이 많았던 여행이었다. 집으로 돌아오던 날 아침 9시 속초 출발하여 묵호항 동해안 자전거 도로를 달려 본다.

혼자 고독한 질주를 할 때와는 사뭇 다른 느낌으로 친구들과 희희낙락 하며 동해의 거친 파도와 바람을 맞이해보며 모래사장을 달려 보기도 하고 육십 대 소녀로 다시 돌아간 날이 되어 보았다. 언제 바람에 스쳐 지나가듯 코로나를 날려 보낼 날이 오겠지만 아직은 좀 더조심해야 하는 시기인가보다. 13시간에 걸쳐 집에 도착한 시간이 저녁 10시였다.

남편이 나를 맞이 해준다. 잘 놀다 왔느냐고 묻는다. 강원도에서 구매해 온 오징어 한 마리를 구워 마요네즈랑 놓고 난 오징어 다리를 좋아하고 남편은 몸뚱이를 좋아한다.

별말이 없이 지내지만, 서로의 마음은 알 것 같은 심정이다. 집이 편하고 마누라가 돌아왔으니 편해보였다. 오징어 옛날 같으면 쭉쭉 당겨서 늘려 말린 오징어 요즘은 무게로 말렸단다. 잘 말린 오징어 적당한 간이 되어 맛있었지만 비싸다. 10마리 5만 원 다섯 마리씩 나누었다. 말없이 오징어를 먹지만 간간히 새차타고 다닐만하드냐는 질문에 엄청 좋드라는 답변으로 서로 마음을 전달하는 계기가 된 것이다. "부부싸움은 칼로 물 베기라는."옛 속담이 있듯이 서로에게 작은 배려로 감동하는 것이 부부다.

별다른 일도 하지 않는 요즈음이지만 마음은 평온을 찾았다. 새로운 일을 할 수 있는 시간을 기다리는 기간이다. 시국이 다들 어렵고 경제난국에 봉착되어 있으나 극복해가야 할 것이다. 스스로 요즘 현실이 많이 공평하다는 생각이 들기도 한다. 부자나 가난한 사람이나 돈이 있으나 없으나, 잘난 사람이나 못난 사람이나, 세상이 발목을 붙들어 매어 놓은 현실을 탓하며, 기초생활만 하고 지내고 있는 요즘이다.

봄 새싹이 삐죽하게 내밀던 쑥들이 이젠 낫으로 베어도 될 만큼 자랐다. 꽃들을 관찰하고 사진으로 보는 세상이 좋았는데 요즘은 한동안 카메라도 놓고 글 씀도 게을리했었다. 노안이 왔다고 핑계를 대보았다. 하고 싶은 일만 하고 살 거라고 생각했던 날들이 떠오른다.

힘들어서 그냥 삶 자체를 포기하고 싶었던 지난날도 있었지만, 또다시 제2의 인생을 함께 살아보자고 약속한 남편이 있었기에 열심히 살아왔던 지난날 어찌 좋은 일만 있었을까?

힘든 고비도 있었지만 슬기롭게 극복할 수 있었던 건 남편이라는 사람이 버팀목이 되어 주었기 때문이 아니었을까? 서로를 보듬어 주지 못하고 대화가 단절되고 서로를 관용으로 베풀지 못했던 지난 시간이 이해가 되는 지금처럼 이대로 힘든 일이 찾아오더라도 둘이 극복하면 못 할 일이 뭐 있겠는가?

이젠 정신과 육체가 다 부실해져 오고 건강을 염려해야 하는 나이이다. 오십대의 인생과 육십이 되고 난 이후의 삶이 아주 다르다. 감정도 메말라 오고 이쯤이야 하면서 무난하게 보낼 수 있는 삶의 지혜로 육십 대를 살아가야 하지 않을까?

6자를 달던 첫해는 벌써 육십이라는 생각이 들었지만, 나의 인생 육십을 설계하지 않았던 것은 아니었다. 여행을 좋아하고 미친 듯이 해외를 드나들 때는 62살까지만 여행하며 살고, 나머지 인생은 그냥 시골에서 조용히 살겠다고만 생각했었다. 배움의 갈망이 컸던 오십 대 8년을 학업에 몰두했지만 육십 인생에 밑거름이 될 학업이 아니었나 보다.

주남으로 이사온지 어언 7년 세월이 흘렀다 따뜻하게 데워주던 보일러도 고장이 나고, 수명을 다한 것 같아서 새로 심야 보일러를 교체하듯이 서로의 마음을 데워줄 사랑하는 마음 하나면 좀 더 살아 볼 만 한가치를 느끼며 살 수 있지 않을까?

온종일 자신이 좋아하는 일만 하면 살 수없지만, 밖에서 남에게 피해를 주지 않는 시간을 메워 가며, 남은 인생은 서로가 서로에게 의지가 되는 삶을 살고 싶다.

더도 말고 지금처럼만 건강 지키며 그 사랑 안에서 머물고 싶다.

제주생활 27일째

제주 생활이 마무리되어간다. 늦게 잠들었지만, 아침 일찍 눈이 뜨였다. 아무것도 하고 싶은 일이 없다. 어둡고 바람이 있는 날이라 연 삼 일 돌아다녀서 그런지 나가고 싶은 생각이 들지 않는다. 이른 아침에 눈을 떠 신지 로이드는 먹었는데 아점을 먹을 시간까지 아무것도 먹지 않고 누워 있었다.

전화벨이 울렸는데 유리였다. 집 앞을 지나가다 언니 생각이 나서 전화한다고 지금 어디냐고 묻는데 제주도라고 말했다. 웃는다. 여행을 잘 다니긴 하는 줄 알았지만, 제주도 까지나 혼자 가서 뭐 하냐는 듯이 말했다. 혼자 할 일이야 무궁무진하지만 할 수 있는 여건이 되지 않아 조용히 여행하며 글 쓰고 사진을 찍으며 시간 보내고 있다고 말한다. 대단한 언니다. 집에 와서 보자며 끊었다.

유리를 만난 것은 이혼과의 전쟁중에만났다. 호랑이띠 친구 방에서 만났다. 월례회 모임에서 만났는데 창원에 살고 상남동에 산다고 했다. 상남에서 디자인가구 가게를 운영하는 사업가였다. 그 시절에 대학을 졸업하고 나름 자존감이 높은 동생이었다. 이혼 후의 만난 인연 중에 동생으로는 가장 오래되었다. 주변에서 사는 동생이라 가끔은 만나는 동생이다.

오십 대에 남편을 잃는 아픔을 겪은 동생이라 마음이 많이 쓰인다. 가끔은 전화도 하고 상남을 지날 때면 차 한 잔이 생각나는 그런 동생이다. 애교가 많은 목소리에 친절이 몸에 배어 그런지 가끔 자신이 모든 것을 다 해결해주려는 욕심 때문에 약속을 잘 지키지 못하지만 이해할 수 있는 동생이다. 항상 바쁘게 사니까 집 앞을 지난다고 생각나서 전화한다는 그 말이 정겹게 들렸다. 주 남집 앞으로 잘 지나가지 않는데 말이다.

삼십 대 후반 살던 그곳 이혼하기 직전까지 살았던 OO 아파트에 살고 있었다. 유리의 전화를 받고 나니 불현듯 과거의 영상이 떠오른다. OO 아파트를 분양받고 나에게도 이런 날이 올 거라며 행복해했다. 봄이면 안민고개로 가는 길엔 벚꽃이 길 따라 하얗게 피었다.

운동 삼아 고갯길까지 걸어도 운동이 되는 곳이다. 창원폐기물 처리장이 생기긴 했으나 이미 소각하고 난 후 잿더미만 묻는 곳이라 아무 상관 없었지만 다른 지역보다 아파트값은 크게 오르지 않았다. 동호수 추첨이 있던 날 내심 로열층을 원했다. 10층이 당첨되었고 호수는 1004호 였다. 108동 1004호에서 행복은 잠시 순간이었다. 깊어가는 의처증이 원인이 되었다.

햇살 바른 앞 베란다에 연주 표 된장을 담그는 날엔 혼자만의 행복에 잠기기도 했었다. 까만 옹기에 빛이 들어와 저절로 된장이 잘 숙성될 것 같았다. 앞산이 바라보이는 창가에 앉으면 30~40대의 감성은 시가 저절로 떠오르던 그런 집에서 보낸 시간도 있었다.

그 행복도 잠시였다. 이별이란 아픔을 가져다준 108번뇌의 천사가 되어 날았다. 아직 청소년이었던 아들,딸을 그곳에 두고 나만 호적에서 제외되던 아픔, 혼자 있는 제주 생활 중에 반추되어 오는 아침일 거라곤 생각하지 못했다. 동생의 전화 한 통에 옛 일이 떠오른다. 쉽게 다가갈 수 없었던 창원이란 동네. 인생 첫걸음도 그곳에서 이별과 재혼도 창원이란 곳에서 이루어진 곳이다.

재산 분할 청구로 받아 왔던 그 건물은 2015년에 매매 했다. 창원에서 늦은 만학을 5년간이나 다녔다. 창원에 소속되어 주 남에서 제2의 삶을 살고 있지만 되도록 그곳을 회피하고 살고 싶었던 곳이다. 그때 살면서 아픔을 겪었던 탓일까? 지금 먹고 있는 갑상샘암 하루아침에 암이 생기는 것은 아닐 거다. 내 속에 곪아 버린 흔적들을 치유하며 사는 지금이다.

평생을 따라다니는 약 아침 먹은 뒤 숟가락 놓기 전에 약을 먹어야 하는데 잊어먹었다. 몸이 나른해지고 의욕이 없어지면서 추위가 엄습해오며 몸살 기운이 있는 듯이 이상했다. 여태 아프지 않았는데 왜 이러지 하고 생각해본다, 식후 약을 빼 먹었나 보다. 저녁 약이 나와 있지 않은 것을 보니 잊어먹은 것이 확실했다. 십 여분 정신이 혼미하던 시간 이제 맑은 정신으로 돌아오고 생일축하 글이 카스에 올라오는 글에 답하며 생일을 기억했다.

제주도에서 맞이하는 생일 혼자 있을 때 가끔 생각나는 언닌데 카스에 축하 글을 받았다. 참으로 오랜만에 태란 언니 소식이 궁금했다. 2004년 안산에 있을 때 다정하게 감싸주던 언니 마음으로 항상 기억하고 있었다. 딸이 매우 아프단다. 손자 둘 틈에 휩싸여 아무것도 할 수 없는 현실이란다. 당뇨와 고지혈증으로 인하여 약을 달고 산다고 하소연하며 오랜 시간 동안 전화 통화 끝에 또 나의 이야기를 징징대고 말았다.

나를 너무 잘 아는 언니기에 또 응석을 늘어놓게 되었다. 이미 내 사정 이야기를 하고 보니 또 잘못했다고 하는 마음이 든다. 사주팔자도 참 더럽다고 말한다. 전화로 소식은 전하지 못했지만 잘살고 있는 모습이 보기 좋았단다. 감사한 생각이 들었는데 또 아픔을 겪게 될지 모른다는 이야기에 말문이 막힌 언니다. 어디서 잘못됐다고 말하기보다 나이 들면 여자는 다 그렇게 성생활을 원하지 않게 되는데 무엇이 문제인지 알 수 없단다.

지혜롭게 잘 해결했으면 좋겠다는 말과 전화하는 동안에 손자들이 엉망을 만들었다는 수화기에 흘러나오는 소리를 들으며 통화는 끝이 났다. 아프다는 소리에 내 아픔처럼 아파해주고 누구보다도 행복하게 살기를 소망하는 언니다. 오랫동안 전화하지 않아도 늘 어제 본 듯한 언니며 정이 간다.

안산에서 살 때 일이다. 비 오면 모이는 모임이 있었다. 언니를 만난 건 그 모임에 소속되어 있을 때다. 조건 없는 만남 비 오면 꼭 부침개를 붙여먹고 싶은 생각이 있는 사람들과 감성을 공유할 수 있는 모임이었다. 좋은 곳은 기록해두었다가 분위기 있는 비 올 때 만남이 이루어진다.

마음이 잘 통하는 여성맴버들과 술을 좋아하는 남성 구성원들이 있었던 사이버 모임이었다. 오랫동안 함께 하지는 못했지만, 술도 마실줄 모르는 내가 클럽장이었던 시절이었다. 인터넷이 한창 붐을 일으킬 사이버 공간에서 음악방을 통해 만들어진 공간이었다. 수원에 살던 언니는 나를 많이 좋아했다. 이혼한 후 방황하다가 잘못된 길로들까 봐 염려해 주던 태란 언니가 있었기에 지금의 내가 있는지 모른다.

잘살고 있을 줄만 알고 늘 행복한 모습을 카스에서 보고 있어서, 너무 좋다고 말한 언니에게 제주살이 푸념을 늘어놓아 한동안 또 아파할 것 같다. 이제 제주를 떠날 시간이다. 이틀만 있으면, 내가 살던 그곳, 남편이 있는 집으로 돌아갈 날이다. 혼자 고민하고 아파해야 할 숙제를 하지 않고, 정리된 삶의 그 시간까지 언니에겐 당분간 비밀로 해야겠다.

행복 불행은 마음먹기에 달린 거 아닌가? 혼자 안산을 떠돌 때처럼 다시 그런 생활이 싫어서라도 삼월에 주남 집에 돌아가면 그와 함께 남은 인생 여정은 편안하게 살고 싶다. 예상치 못했던 졸혼으로 고민했던 시간을 정리해야겠다. 한 달 살기로 끝나길 바라는 마음으로.

소중한 인연으로 만나다

목적 없이 사는 시간이 제법 긴 시간이 흘렀다. 아침에 눈 떠서 젤 먼저 하는 일, 나의 생명을 연장해줄 동그란 작은 알약 침대 머리맡에 두고, 눈뜨면 제일 먼저 그 동작부터 한다. "누가 뭐래도 새벽이다" 이문구를 보는 동안 내 머리 속을 스쳐 간 것이 있었다. 나태해진 내 모습을 그려본다. 갑상샘 암을 수술 한 그 이후에 내 삶엔 많은 변화가 있었다.

무기력에 빠진 시간도 있었고 약물에 의존해야 하고 죽을 때까지 먹어야 한다는 부담감, 먹지 않고는 살 수 없다. 일생을 내 곁에 붙어 다니는 생명력을 내 손에 쥐고 있다. 쉽게 말하기를 갑상샘암은 암도 아니라고 말하지만, 본인이 직접 겪어 보지 않은 일이라 쉽게 내뱉기도 한다. 서울 사는 친구가 말했다. 아내가 갑상샘 수술 후 6년이 지난 후부터 점점 예전의 기력을 찾는 거 같더라고 몸조심해야 한다고 일러줬다. 부모님에게 물려받은 소중한 생명 인연이 다하는 날까지 최선을 다해 지켜야 한다.

비가 올 것만 같은 뿌연 하늘을 바라본다. 남편의 간단한 식사는 누룽지탕으로 챙기고 사무실 옆 작은 공간 나를 위한 작업실에 앉았다. 창 앞에 놓인 새로 구매한 나의 애마 보기만 해도 가슴 벅차다. 2004년식 그랜저는 16년 만에 인연의 끈을 놓았다. 그날 밤에도 오늘같이 비가 내렸다. 내 일기장에 쓰인 글귀를 다시 읽어 본다.

애마와의 이별

밤새 그렇게도 징글징글하게 비가 내린다.
이 밤이 새면 나의 인생과 함께한 애마를 보내야 한다.
쉽게 잠들지 못하는 이유는 만 감이 교차해서인지 몇 번이고 창을 내다봤다.
겹겹이 쌓인 정 씻어 내리는데 이 밤을 지새우고
정리하는 이 순간에도 비는 내린다.
창원폐차장 전화번호를 보고도 믿기지 않았지만, 현실이다
차량 호적과 주인장 주소만 들고 함께한 세월을 하직하려 한다.
마지막 보내는 길 네 속에 감춰놓은 내부를 헤집고 조사해 본다.
아직도 다 쓰지 못한 워셔액과 언제부터 쓰지 않았던 먼지떨이
네 몸에서 나온 것은 그뿐만이 아니었다.
15년 전 추억의 음악CD 내 작은 공간으로 옮겨지고
박 강성의 음성으로 "떠나가지 마"가 흘러나온다.
슬프다.
내 인생의 반 토막을 함께 했고 부처님 전에 인도해 주었던
네가 떠나는 날 두 눈에 흐르는 눈물 그 누구도 의미를 알지 못하겠지만 내 가슴에 묻어둔 너를 향한 내 사랑이었을 거야.
고급 차는 아니었지만 그 당시 내게는 명품이었고 새로운 삶을 함께 해준 너여서더 슬프다.

174

내 마음을 알기라도 하는 듯 "거기 지금 누구인가"란 노래가 흘러나온다. 전화 한 통화에 네 인생을 삼켜버렸다.

꽃다발이라도 하나 해서 보내고 싶은 내 마음이었는데, 결국 너를 나에게로 인도될 때

그 모습이 아닌 일그러진 콧잔등을 펴주지도 않은 채 보내고 말았구나, 가슴이 쓰리고 아파진다.

말없이 내 눈 엔 눈물이 시야를 가리며 눈두덩이가 뜨거워진다

불타오르는 불구덩이에서 새로운 모습으로 탄생하려는지 아직 쓸만한 네 바퀴는 이름 모를 고객의 다리가 되어 굴러다닐지 모르겠으나. 떠나는 너를 마음으로 기도한다

정말 고맙고 수고 많았어!

말없이 책임과 의무를 다한 너는 마지막까지 슬프고 짠한 금액으로 내 통장에 찍혔다.

삼십오만 원 네가 사라지는 대가로 받은 난 숫자를 읽지 못할 정도로 가슴 아팠다.

세금계산서에 너의 이름을 기록한다

"자동차 폐차비 삼십팔만오천 원."

검은색 세단으로 십육 년 전에 내 품에 안겼을 때를 차분히 기억하며 차계부를 들여다봤다. 아플 때마다 치료했던 기억도 명품인 너는 필요 이상의 그 무엇도 요구하지 않은 채 묵묵히나를 모셨지, 그 충성심 내가 알기에 눈가에 흐르는 눈물 한참을 내 기억 속에 너만을 멍하니 바라본다.

새로 태어난 아기처럼 예쁘게 나에게 와서 떠날 땐 험악한 큰 차에 업혀서 떠나는 뒷모습이 슬프다. 네 몸속에 나온 염주와 연꽃 등은 작은 전기차에 옮겨본다. 잊지 않을게 15년간 나를 지켜준 네 사랑을….

너와 함께 길을 인도했던 하이패스도 옆구리가 터져 튀어나왔지만 쉽게 던져버리지 못하는 난 바보 주인인가 보다.

트렁크에서 나온 셀카봉 하나와 낚싯줄 뭉텅이 하나로 합장 주를 열심히 꿰어

보련다.

　폐차장에서 보내온 서류를 정리하며 이제 네가 있던 개집 옆 공간을 한참 동안 허전한 마음의 추억으로 놓아 둬야겠지 CD 속에 울려 퍼지는 15년 전의 애청곡을 한 바퀴 돌리면서 추억해보았다.

　마지막 보내는 길에 여강스님의 신묘장구대다라니를 틀어놓고 너를 위한 기도를 올려본다. 하늘도 애잔한 듯 그 칠 줄 모르는 가을의 길목에서 내리는 비가 그렇게 우리 사랑을 조용히 잠재워 주리라 생각해

　잘 가라 애마야

　영원이란 것은 마음으로 추억하는 것임을 깨닫게 해준

　널 향한 내 마음이었어…….

노을빛 연주

　이렇게 애잔한 애마를 보냈고 작은 전기차 140km 속도 까지만 달릴 수 있는 차가 그나마 나의 위안이었다, 1991년에 운전면허를 딴 이후에 내게로 온 나의 애마들 몇 대를 번갈아 탔지만, 그랜저만큼은 내 인생이었다. 차 없이 다녀본 시간이 없었는데 전기차가 주는 불편함을 알게 되었다. 창원에서 1기 전기차로 내게 당첨되었던 전기차도 5년 만에 2만km의 기억만 남기고 새 주인의 품에 안겼다. 점점 힘들게 치닫는 가정경제로 인한 나와의 싸움은 계속되어 갔다.

　2019년 12월에 전기차마저 보내고 나를 뒤돌아보는 시간을 가졌다. 창원시에 소속되긴 했으나 지금 사는 곳은 시골이다. 마트도 걸어서 갈 수 없는 거리에 있다. 무엇하나 주변에 없는 촌 동네에 살다 보니 걸을 수 있는 길은 산책과 운동이나 할 수 있는 것이 전부다. 갑갑했다.

　사진을 찍으러 나가는것도 마을에서 밖에 찍을 수 없었다. 수업 날 부산까

지 가려면 남편의 눈치를 보아야 했다. 차를 한번 빌려 타려면 서로 스케줄에 맞춰야 가능했다. 한집에 차 한 대로 살아가는 사람도 많이 있지만 난 익숙된 나만의 차가 그동안에 편리성을 도모 해줬기에 불편한 감정으로만 살았다. 무기력해졌다. 단지 내가 마음대로 움직일 수 없다는 강박관념이 배여 있었다. 진영 시내까지 나가는 길이 8km정도 되는데. 걸어서 가기도 쉽지 않았다.

작년 자전거 라이딩 때 썼던 자전거를 창고에서 끄집어 내봤다. 미용실이나 은행 볼일이있을 때는 자전거로도 가능했다. 점차 움직임도 줄었다. 적응이 되는 기간이 필요했지만, 활동성이 많은 우리 부부에게는 각자의 차가 필요했다. 4년 차 경제활동을 하지 않은 우리는 점점 줄이며 살아가고 있다. 마음에 적잖은 부담으로 차를 산다는 것에 초점을 맞추기도 했다.

여태 한 번도 중고차를 매입한 적이 없었지만, 지금 현실을 인정하며 걸맞은 선택을 하기로 했다. 인터넷을 뒤집다가 법원경매라는 곳에 눈길이 멈췄다. 터무니없는 가격에 인도 할 수 있다는 설명이 있었다. 완벽하게 차 딜러 명함이 올라 와있었다.

남편이 인천까지 가서 인도해오겠다며 떠났는데. 여기서 나열 할 수 없는 사기꾼들의 수작이었음을 알았다. 빠른 포기 정상적인 거래가 아님을 인식하는 순간에 세상엔 공짜가 없다는 것을 알게 되었다. 중고차는 사지 않겠다는 마음으로 갈아 탔다. 삼 개월 만에 많은 것을 배웠다. 왠만하면 운동삼아 걷고 느리게 사는 삶도 알게 되었다.

시간이 돈이라고 말하는 속도전에서 느림의 미학으로 바뀌어 간다. 바쁘게 살아왔던 젊음은 나이가 들어가며 점점 느려짐을 느낀다. 눈뜨는 시간도 점점 느려지고 동작이 느려 짐에 하루가 60km 속도로 빨리지나 간다.

남편이 안겨다 준 선물에 감사한다. 많은 돈을 한꺼번에 다 주고 산 것은 아니지만 내겐 최고의 선물이다. 배기량 2,500cc앞 차와 같지만 연비가 절감되는 하이브리드로 나에게 왔다. 추억의 애마 자리에 놓인 민트 빛을 발산하며 차가 서 있다. 차가 당장 있다고 무작정 길을 나서는 일도 없었지만, 코로나19 여파로 단단히 묶여 있는 애마. 이젠 나와의 삶을 마무리 할 때까지내 곁에 나를 지켜줄 애마 새 인연이내 곁에 와있다.

사람의 마음은 참 변덕 스러운 것 같다. 갈곳도 없으면서 차가 없을 땐, 갑갑했던 마음이 봄눈 녹듯이 녹아 버리는 것은 왠일일까? 소중한 인연으로 다시 찾아온 나의 애마뿐만이 아니라 늘 마음에 벽을 두고, 졸혼이라는 명제로 고민했던 삶을 이제 이대로의 시간에 멈춰 놓고, 행복한 삶을 꿈꾸는 연주가 되고 싶다.

마치는 글

주남 둑에 유채꽃이 만발한 4월이다. 제주도는 2월에 유채꽃이 한창이었지, 공기가 맑고 주변 환경이 너무 좋지만 코로나19의 여파로 온전하게 여행을 즐길 수도 없고, 사회적 거리를 두어야 하는 지금 현실이 너무 갑갑하다. 나의 3번째 책이 이런 제목 일거라 곤 생각하지 못했다. 어쩌다 여기까지 왔는가? 좋은 뜻에서 보면 좋은 말이 분명하지만, 가슴 아픈 이야기다. 다시는 생각하고 싶지 않은 이야기인 졸혼을 고민하며 경험했던 이야기를 썼다.

주어진 환경에서 최선을 다하고 살고 싶은 열정녀 3명의 손자를 둔 할머니이다. 인생은 60부터라는 말이 있지만 참으로 열심히 여행도 다니고 해보고 싶은 일을 하고 살았던 나였다. 작년 여름의 삼복더위에도 내 안에 졸혼의 고민을 안고, 국토 종주에 이어 그랜드 슬램을 달성했던 시간이 주마등처럼 지나간다.

제주 한 달 살기 졸혼을 고민하며 살았던 곳 그곳을 환상의 섬이라 불린다.

그랜드 슬램을 위해 다시 찾은 제주는 정말 환상의 섬으로 불릴 만큼 멋진 곳이었음을 그땐 몰랐었다. 내 안에 슬픔을 안고 있었기 때문이었으리라 생각한다.

이중섭의 일생과 김영갑 갤러리 제주에서의 삶에 철학을 사진으로 담아냈던 인생 이야기도 보고 듣고 그들의 사랑법도 배우면서 한 달 살기에 절대 두렵지만 않은 홀로서기 연습이었다. 졸혼이라는 말이 나에게 상처 주는 말인지 몰랐다. 지난해 여름엔 정신없이 달렸다. 삭발까지 감행하며 죽어라 달렸다.

어릴 적 아버지 자전거로 배운 실력이지만 MTB를 끌고 동해안을 달릴 때 앞으로 나가기도 힘들었고, 뒤로 물러설 수 없는 두려움이 있는 날도 있었다. 지나고 보면 너무 아름다운 추억으로 해낼 수 있었던, 용기에 내 자신에게 박수를 보냈던 시간도 있었다. 졸혼 연습으로 제주에서 한 달 살기로 얻은 결과는 쉽게 결정할 일이 아니었음을 명백하게 알게 해줬다.

힘들고 외롭고 어떤 어려움이 닥치더라도 꼭 둘이 헤쳐 나가길 바라는 마음에 내가 경험했던 이야기로 마무리지었다. 환갑년엔 꼭 사진 개인전을 열 것이라는 꿈을 가지고 있었다. 사진 에세이도 써보고 싶었다. 올해가 환갑이다. 비록 그 꿈은 이루지 못할지라도 꿈꾸는 자만이 이룰 수 있음을 알기에 아직도 진행 중이다.

사람은 늙어 갈수록 흙으로 돌아가는 원초적 본능이 앞선다고 한다. 그에 알맞은 현재 나의 삶은 자연과 더불어 살고 취미로 사진을 사랑한다. 내가 사랑한 두 번째 남편과 졸혼이 아닌 행복한 결혼 생활로 호호 할머니가 되어 인연이 다하는 날까지 나에게 머무르고 싶음을 간절히 바래본다.

유채향 흩날리는 봄 날
2021년 4월
저자 문 연주